写碑之心

陈先发 著

时代出版传媒股份有限公司
安徽教育出版社

图书在版编目(CIP)数据

写碑之心 / 陈先发著. —合肥:安徽教育出版社,2017
ISBN 978-7-5336-8625-3

Ⅰ.①写… Ⅱ.①陈… Ⅲ.①诗集-中国-当代 Ⅳ.①I227

中国版本图书馆CIP数据核字(2017)第256514号

写碑之心
XIE BEI ZHI XIN

出 版 人:郑　可
质量总监:姚　莉
策划编辑:何　客
责任编辑:何换生
装帧设计:刘运来　王莉娟
美术编辑:张鑫坤
责任印制:何惠菊

出版发行:时代出版传媒股份有限公司　安徽教育出版社
地　　址:合肥市经开区繁华大道西路398号　邮编:230601
网　　址:http://www.ahep.com.cn
营销电话:(0551)63683012,63683013
排　　版:安徽时代华印出版服务有限责任公司
印　　刷:安徽新华印刷股份有限公司

开　本:880×1230　1/32
印　张:8.25
字　数:150千字
版　次:2017年10月第1版　2017年10月第1次印刷
定　价:48.00元

(如发现印装质量问题,影响阅读,请与本社营销部联系调换)

目 录

卷一

与清风书　〇〇三

白云浮动　〇〇七

雨：喑哑之物　〇〇八

大雁塔　〇一〇

登天柱山　〇一一

风景　〇一三

化外　〇一四

鱼　〇一六

丹青见　〇一七

前世　〇一八

从达摩到慧能的逻辑学研究　〇二〇

隐身术之歌　〇二一

写碑之心

〇〇二

　　秩序的顶点　〇二二

　　纪念一九九一年以前的皂太村　〇二三

　　偏头疼　〇二四

　　木糖醇　〇二五

　　我是六楞形的　〇二六

　　鱼篓令　〇二七

　　伤别赋　〇二八

　　青蝙蝠　〇二九

　　两条蛇　〇三〇

　　街边的训诫　〇三一

　　悼亡辞　〇三二

　　母亲本纪　〇三三

　　北风起　〇三四

　　戏论关羽　〇三五

　　器中器　〇三六

　　黄河史　〇三七

　　在上游　〇三八

　　最后一课　〇三九

　　端午　〇四〇

　　春风斩　〇四一

树下的野佛　〇四四

病中吟　〇四五

两岸　〇四六

陈绘水浒（选四）　〇四八

秋日会　〇五二

村居课　〇五三

中秋，忆无常　〇五四

甲壳虫　〇五五

秋赞　〇五六

绝句　〇五七

构图　〇五八

乙酉年春日杂章　〇五九

黑池坝　〇六一

扬之水　〇六二

嗜药者的马桶深处　〇六八

捕蛇者说　〇七〇

天柱山南麓　〇七二

逍遥津公园纪事　〇七五

残简(选二十)　〇七七

鸟类的不朽(选二)　〇八八

写碑之心

〇〇四

　　律句　〇九〇

　　廊桥之侧　〇九一

　　早餐与解药　〇九二

　　谒三祖寺　〇九三

　　卡车之侧　〇九四

　　新割草机　〇九五

　　银锭桥　〇九七

卷二

　　白头与过往　一〇一

　　中年读王维　一一五

　　听儿子在隔壁初弹肖邦　一一六

　　十字架上的鸡冠　一一八

　　湖边　一二〇

　　蟾蜍　一二一

　　你们，街道　一二三

　　孤峰　一三七

　　正月十五与朋友同游合肥明教寺　一三九

　　正月十五晚，醉后穿过寿春路桥　一四一

可以缩小的棍棒　一四三

怀人　一四五

翠鸟　一四七

姚鼐　一四九

同类　一六三

两次短跑　一六五

本体论　一六六

难咽的粽子　一六八

良马　一七一

暴雨频来　一七三

晚安，菊花　一七六

垂柳　一七八

不测　一八〇

此时此地　一八二

卷三

口腔医院　一八五

绳子的两端　二〇三

膝盖　二〇五

写碑之心

伐桦　二〇七

异响　二〇九

硬壳　二一一

睡经　二一三

老藤颂　二一五

筌筷颂　二一八

稀粥颂　二二〇

活埋颂　二二二

秋鹨颂　二二四

卷柏颂　二二六

滑轮颂　二二八

披头颂　二三〇

垮掉颂　二三二

写碑之心　二三四

与顾宇、罗亮在菲比酒吧夜撰　二四九

杏花公园散步夜遇凌少石　二五一

游九华山至牯牛降一线　二五三

两种谬误　二五五

拉芳舍　二五七

卷一

与清风书

一

我想活在一个儒侠并举的中国。
从此窗望出,
含烟的村镇,细雨中的寺顶,
河边抓虾的小孩,
枝头长叹的鸟儿,
一切,有着各安天命的和谐。
我会演出一个女子破茧化蝶的旧戏,
我也会摆出松下怪诞的棋局。
我的老师采药去了,
桌上,
他画下的枯荷浓墨未干。
我要把小院中的
这一炉茶,
煮得像剑客的血一样沸腾。

夜晚,
当长长的星座像
一阵春风吹过,
夹着几声凄凉鸟鸣的大地在波动,
我绿色深沉的心也在波动。
我会起身,
去看流水。
我会离琴声更近一点,
也会在知冷知热的小路上
走得更远一点。

二

蛙鸣里的稻茬,
青藤中的枯荣,
草间虫吟的乐队奏着轮回。
这一切,
哦,
这一切。
我仿佛耗完了我向阳的一面,
正迎头撞上自己坚硬又幽暗的内心。
我闻到地底烈士遗骨的香气,

它也正是我这颗心的香气，
在湖面，歌泣且展开着的。
这颗心，
正接受湖水缓慢苍凉的渗透。

三

三月朝我的庭中呕着它青春的胆汁。
这清风，
正是放弃了它自己，
才可以刮得这么远。
这清风直接刮穿了我的肉体。
一种欲腾又止的人生，
一种怀着戒律的人生，
一颗刻着诗句的心，
一阵藏着狮子吼的寂静。
这清风，
要一直刮到那毫无意义的远中之远，
像一颗因绝望才显现了蔚蓝的泪滴。

四

故国的日落

有我熟知的凛冽。
景致如卷轴一般展开了:
八大的枯枝,
苦禅的山水,伯年的爱鹅图,
凝敛着清冷的旋律,
确切的忍受——
我的父母沉睡在这样的黑夜。
当流星搬运着鸟儿的尸骸,
当种子在地底转动它凄冷的记忆力。

看看这,桥头的霜,蛇状长堤,
三两个辛酸的小村子,
如此空寂,
恰能承担往事和幽灵,
也恰好捡起满地的宿命论的钥匙。

一九八六年二月作,二〇〇〇年四月改。

白云浮动

白云浮动,有最深沉的技艺。
梅花亿万次来到人间。

田野上,我曾见诸鸟远去,
却从未见她们归来。
她们鹅黄、淡紫或蘸漆的羽毛,
她们悲欣交集的眉尖。

诸鸟中,有霸王,
也有虞姬。

白云和诸鸟啊,
我是你们的儿子和父亲。
我是你们拆不散的骨和肉,
但你们再也认不得我了,再也记不起我了。

一九九三年三月

雨:喑哑之物

"这场雨落在迦太基庭院里",
微小的积水被花枝掀翻。
整个夏季,
炎热使孩子从梦中脱身——
仿佛一个哑谜,把无知的时光隔断。
仿佛我痴情的远眺,
只不过抵达了风景的一半。
而在另一侧,
去年盛夏,当雨水滑下碧绿的葡萄架,
发亮的铁轨在桥上交叉,
河水慢慢聚集,
发亮哦无知的时光,
仿佛镜中之河,就要找到大海。
爱情之夜就要筵席散尽。

回忆里的面容,停在变幻中。
仿佛墙上的两块砖:

焦躁的我和这场雨，偶然被砌在一起，
一宿的自言自语就能使它倒塌。
多少年的夏季，
雨漫天落着，从迦太基到西藏，
从石廊、修萝花到牛头和草场，
稠密的雨点一串银白。
十三省孤独的小水电站连成一片。
在我和远方之间，
又仿佛鸿沟不曾有过。
发亮哦无知的时光，
当这场雨落下，雨中之物，
草木的喑哑，
就要飞起，就要唱出烈火的歌吟。
我的灵魂将随她无声远走。

一九九〇年五月

大雁塔

木梯转出嗜啖蛋黄的农民。
他说：我跨过五个省来看你，
一路上玩着、饿着指尖的大雁塔。
多年前，
他是唐僧——
为塔迎来了垂直的那个人，那种悲悯。

耳中炎热的桑葚，
仿佛流出了倾听的蜜汁。
我长久地沉默着，又像在奋力锯开
内心纠缠的塔影。
再也回不去了，
我们在同一轮明月下，刚刚出生时的皎洁。
我们在同一盖松冠下，天狼星发凉的盔甲。

一九九七年，西安。

登天柱山

山林有极权般的寂静。
巨石上蚁队黑亮。
白云间晃动着先行者的人头,
像无人摘取的浆果,正凄凉地烂掉。

草丛间飞出了蝴蝶,
无非是姓梁,无非是姓祝。
她们斑斓的皮,
像一声苦笑。

依我看,这镌刻于山崖上
松枝上、寺门上的诗句,
不过是一些光阴虚掷的痕迹。
涧泉所吟,松涛所唱,无非是那消逝二字。

连这暮色的寡淡四拢,
也合着心灵无限缓慢的节奏。

仿佛不曾攀援,仿佛是凭空降临这峰顶,
一次次被掀翻的,莫须有的峰顶。

一九九七年十月

风景

对因果的谈论,增加了夏日的浓荫。
它所提供的庇护,要到下午五六点钟才会散去。
新挖的沟渠里,游来小鱼,
它被不可言喻的河水,哺育着。

我趴在窗口看松树,落在颈间的影子
慢慢锯着我的头。
一阵恍惚,满含放弃。
有时,远山突然地涌进了窗内,跟我在一起。
期待着那暮年的诗篇,像夜晚
把星宿印在池塘的水面。

一九九七年七月

化外

黄昏的车头,呜呜地
溅着沥青,
轧向铁轨那头的落日。
幻觉的玻璃划过,我看到
成群的无头旅客,
坐在绿皮车厢里。
"间或无头?像拔掉了硬木塞子,
颈上滴着油亮的松脂,保持了
旅程的洁净——"
桥下,河水呜呜地
穿过棚户区,掉头北去。

那年夏天,我和刚出狱的舅舅
去看火车,
他凶狠地踢着枕木,呜呜地
我蹲着,看野花霎亮,

像无心的炮弹。

一九九七年六月

鱼

银针灌顶,打回原形。
跃入你怀中的
这条鱼或许
正是你南宋桥头的娘子。
而此世的妻子,正打电话来,
通过电磁波讲她的痛苦,
讲空了的煤气罐,案头坏掉的
天气,
讲乳腺癌,和反复梦见的
一条鱼。
电线那头,她哽咽着。
绿荫里仿佛相知。
涌出的泪水让鱼的瞎眼复明。

二〇〇一年六月

丹青见

桤木，白松，榆树和水杉，高于接骨木，紫荆
铁皮桂和香樟。 湖水被秋天挽着向上，针叶林高于
阔叶林，野杜仲高于乱蓬蓬的剑麻。 如果
湖水暗涨，柞木将高于紫檀。 鸟鸣，一声接一声地
溶化着。 蛇的舌头如受电击，她从锁眼中窥见的桦树
高于从旋转着的玻璃中，窥见的桦树。
死人眼中的桦树，高于生者眼中的桦树。
被制成棺木的桦树，高于被制成提琴的桦树。

二〇〇四年十月

前世

要逃,就干脆逃到蝴蝶的体内去。
不必再咬着牙,打翻父母的阴谋和药汁,
不必等到血都吐尽了,
要为敌,就干脆与整个人类为敌。
他哗地一下脱掉了蘸墨的青袍,
脱掉了一层皮,
脱掉了内心朝飞暮倦的长亭短亭。
脱掉了云和水。
这情节确实令人震悚:他如此轻易地
又脱掉了自己的骨头!
我无限眷恋的最后一幕是:他们纵身一跃,
在枝头等了亿年的蝴蝶浑身一颤,
暗叫道:来了!
这一夜明月低于屋檐,
碧溪潮生两岸。

只有一句尚未忘记,

她忍住百感交集的泪水,
把左翅朝下压了压,往前一伸
说:梁兄,请了
请了——

二〇〇四年六月二日

从达摩到慧能的逻辑学研究

面壁者坐在一把尺子
和一堵墙
之间
他向哪边移动一点,哪边的木头
就会裂开

(假设这尺子是相对的
又掉下来,很难开口。)

为了破壁他生得丑
为了破壁他种下了
两畦青菜

二〇〇五年一月

隐身术之歌

窗外,三三两两的鸟鸣
找不到源头,
一天的繁星找不到源头。
街头嘈杂,樟树呜呜地哭着。
拖拉机呜呜地哭着。
妓女和医生呜呜地哭着。
春水碧绿,备受折磨。
他茫然地站立,
像从一场失败的隐身术中醒来。

二〇〇五年三月十五日

秩序的顶点

在狱中我愉快地练习倒立。
我倒立,群山随之倒立,
铁栅间狱卒的脸晃动,
远处的猛虎,
也不得不倒立。 整整一个秋季,
我看着它深深的喉咙。

二〇〇五年九月

纪念一九九一年以前的皂太村

我能追溯的源头,到此为止。
涧溪来自苔痕久积的密林和石缝。
夜里的虫吟、鸟鸣和星子,一齐往下滴,
你仰着脸就能寂静地飞起。
而我只习惯于埋头,满山抄写碑文。
有些碑石新抹了泥,像是地底的冤魂
自己涂上的,作了令人惊心的修改。
康熙以来,皂太村以宰畜为生,
山脚世代起伏着蓄满肥猪的原野。
刀下的嚎叫把月亮冲刷得煞白,畜生们
奔突而出,在雨水中获得了新生。
但我编撰的碑文暂时还不能概括它们。
此峰雄踞歙县,海拔一千八百五十米多。 我站上去,
海拔抬高到一千八百五十二米。 它立誓:
决不与更高的山峰碰面,也不逐流而下,
把自己融解于稀薄的海水之中。

二〇〇四年六月

偏头疼

他们在我耳中装置了一场谋杀。
埋伏着间歇性抽搐,昏厥,偏头疼。
他们在我耳中养了一群猛虎。
多少个夜里,我劈开自己颅骨却发现它总是空的,
符号杂乱地堆砌,正是——
一个汉人凋零之后的旧宅邸。
我不再是那个骑着牛
从周天子脚下,慢慢走向函谷关的人。
我不再是雪山本身。
我总是疼得穿墙而过,我朝他们吼着:
"你们是些什么人,什么事物
为何要来分享这具行将废去的躯体?"
老虎们各干各的,朝我的太阳穴砸着钉子。
他们额头光洁,像刚刚刨过,
又假装看不见我,仿佛有更深的使命在身。

二〇〇五年九月

木糖醇

我知道漫山遍野的根茎里面
有无人榨取的木糖醇
舌头一样蜷曲的低岗啊,随寂静的雨水起伏
蚂蟥游动,把吸进的人血,又吐回水面
如果我举起斧子,又稠又腥的浆汁将喷射我一脸

我知道无声远走的人群中
总有人,像我一样,酷爱这白色颗粒的致幻剂
总有人会醒来
把头颅安放在难为人知,又疲倦不堪的木糖醇里

二〇〇四年八月

我是六楞形的

我是六楞形的,每一面
生着不同的病。
我的心脏长得像松、竹、梅。
对我这样的人来说,遁世
是庸俗的,
谈兴衰之道,也是庸俗的。
我有时竟忘记了枯荣。
我在六楞形的耳中、鼻中、眼中
塞满了盐和黄土,
坐在镜子背后,你们再也看不到我了。

二〇〇五年一月

鱼篓令

那几只小鱼儿,死了么? 去年夏天在色曲,
雪山融解的溪水中,红色的身子一动不动。
我俯身向下,轻唤道:"小翠,悟空!"他们墨绿的心脏
几近透明地猛跳了两下。 哦,这宇宙核心的寂静。
如果顺流,经炉霍县,道孚县,在瓦多乡境内,
遇上雅砻江,再经德巫,木里,盐源,拐个大弯,
在攀枝花附近汇入长江。 他们的红色将消失。
如果逆流,经色达,泥朵,从达日县直接跃进黄河,
中间阻隔的巴颜喀拉群峰,需要飞越。
夏日浓荫将掩护这场秘密的飞行。 如果向下,
穿过淤泥中的清朝,明朝,抵达沙砾下的唐宋。
再向下,只能举着骨头加速,过魏晋,汉和秦,
回到赤裸裸哭泣着的半坡之顶。 向下吧,鱼儿,
悲悯的方向总是垂直向下。 我坐在十七楼的阳台上,
闷头饮酒,不时起身,揪心着千里之外的
这场死活,对住在隔壁的刽子手却浑然不知。

二〇〇四年十一月

伤别赋

我多么渴望不规则的轮回
早点到来,我那些栖居在鹳鸟体内
蟾蜍体内、鱼的体内、松柏体内的兄弟姐妹,
重聚在一起。
大家不言不语,都很疲倦。
清瘦颊骨上,披挂着不息的雨水。

二〇〇五年四月

青蝙蝠

那些年我们在胸口刺青龙，青蝙蝠，没日没夜地
喝酒。到屠宰厂后门的江堤，看醉醺醺的落日。
江水生了锈地浑浊，浩大，震动心灵。
夕光一抹，像上了《锁麟囊》铿锵的油彩。
去死吧，流水；去死吧，世界整肃的秩序。
我们喝着，闹着，等下一个落日平静地降临。它
平静地降临，在运矿石的铁驳船的后面，年复一年，
眼睁睁看着我们垮了。我们开始谈到了结局：
谁？第一个随它葬到江底；谁坚守到最后，孤零零地
一个，在江堤上。屠宰厂的后门改做了前门。
而我们赞颂流逝的词，再也不敢说出了。
只默默地斟饮，看薄暮的蝙蝠翻飞，
等着它把我们彻底地抹去。一个也不剩

二〇〇四年十月

两条蛇

白衫娘子有栗色的胛骨。
一路上,她总是拿镜子照我,
用玻璃吸走我的脸。
青衣姑娘笑得鳞片哗哗地响。
她按住我的肩,道:"许仙,许仙——"
这样的时刻,我总是默不作声。
我韬光养晦已有二十余年。

午后的宫殿在湖面上快速地
移动,我抓住她腰间的淤泥,
看苏堤上绿树生烟,
姑获鸟在枝头,昏睡不醒

二〇〇五年九月

街边的训诫

不可登高。
一个人看得远了,无非是自取其辱。
不可践踏寺院的门槛,
看见满街的人都
活着,而万物依旧葱茏
不可惊讶

二〇〇一年九月作,二〇〇五年六月改。

悼亡辞

山冈,庭院,通向虚空的台阶,甚至在地下
复制自身的种子。 月亮把什么都抓在手里,河流却
　　舍得放弃。
要理解一个死者的形体是困难的,他坐在
堂前紫檀椅上,手搭在你阴凉的脊骨。
他把世间月色剥去一层,再剥去一层,
剩下了一地的霜,很薄,紧贴在深秋黑黑的谷仓。
死者不过是死掉了他困于物质的那一点点。
要理解他返回时的辛酸,是多么困难,
他一路下坡,河堤矮了,屋顶换了几次,祠堂塌了大半

二〇〇四年九月

母亲本纪

秋天的景物,只有炊烟直达天堂。
橘红暮光流过她的额角,注入身下的阴影。
她怀孕了,身子一天天塌陷于乳汁。
她一下子看懂了群山:这麻雀、野兔直至松和竹,
都是永不疲倦的母亲。 她幸福得想哭,
爱情和死亡,都曾是令人粉身碎骨的课堂,
现在都不是了。 一切皆生锈和消失,只有母亲不会。
她像炊烟一样散淡地微笑着,
坐在天堂的门槛上喃喃自语。

二〇〇四年九月

北风起

雪越大,谷仓就越黑。 田畴消失,
穷人终于得到了一丁点安宁,他举着煤油灯,
攀上梯子,数着囤中的谷粒。
此刻他不会走下梯子:泥泞尚未形成,
鞭子垂在锈中,头颅割下,也只能闲着。
不能到地下长出果实。 一切只待春风吹起,
谷物运向远方,养活一些人。
谷物中的战栗,养活另一些人。

二〇〇四年十月

戏论关羽

月光白得像曹营的奸细。 两队人马厮杀,
有人脸上,写着"死"字,潦草,还缺最后一笔。
有人脸上光溜溜地,却死过无数次。 此战有欠风骨,
因为关羽没来。 他端坐镶黑边的帐篷,一册《春秋》
正读最酣处。 此公煞是有趣:有人磨他的偃月刀,
有人喂他的赤兔马,提刀像提墨,只写最后一笔。
人在帐中,如种子在壳内回旋,湿淋淋地回旋,无止
　　尽地
回旋。 谨防种子长出地面的刀法,已经练成,却
无人知晓。 他默默接受了祖国为他杜撰的往事。
嫂子爱着他,在秋后垂泪。 戏子唱着他,脸上涂着
　　油漆

二〇〇四年十月

器中器

整个下午我忙着把四边形切割成
三角形,获得足够的锐角和钝角。
它们多么像我少年和暮年的样子啊——
不流血的下午,没硝烟的下午。
一个人悄悄用尽了他的垂直。
最小的锐角瞪着我说:"到此为止吧
再没有什么可以裸露的了,
再没有什么因果可供谈论的了。"
整个下午,我爱抚着她清晨般干净的身子。
我几乎要瞎掉了。 是啊,我听你的。
我懂得你,你免不了和我的一致,
免不了纸醉金迷,免不了裂胆摧肝。

二〇〇四年八月

黄河史

源头哭着,一路奔下来,在鲁国境内死于大海。
一个三十七岁的汉人,为什么要抱着她一起哭?
在大街,在田野,在机械废弃的旧工厂,
他常常无端端地崩溃掉。他挣破了身体,
举着一根白花花的骨头在哭。他烧尽了课本,坐在
　　灰里哭。
他连后果都没有想过,他连脸上的血和泥都没擦干净。
秋日河岸,白云流动,景物颓伤,像一场大病。

二〇〇四年六月

在上游

十月，炊烟更白，含在口中的薪火燃尽。
死去的亲人，在傍晚的牛眼中，不止一次醒来。
它默默地犄角向下，双眼红了，像雨水浸泡的棺木。
它牙齿松动，能喊出名字的，已经越来越少。
时断时续的雨水，顺着旧居，顺着镜子汇聚。
顺着青筋毕露的乡亲们在汇聚。
有的河段干涸，露出黝黑板结的河床。
有的河段积水，呈现着发酵后的暗绿。
几声鸟叫，隔得很远，像熬着的药一样缓慢。
这么多年，正是这些熟悉的事物，拖垮了我的心：
如果途经安徽的河水，慢一点，再慢一点。 如果
  下游消失的，
必将重逢在上游。 如果日渐枯竭的故乡，不再被
  反复修改，
那些被擦掉的浮云，会从纸上，重新涌出，
合拢在我的窗口：一个仅矮于天堂的窗口。

二〇〇四年九月

最后一课

那时的春天稠密,难以搅动,野油菜花
翻山越岭。 蜜蜂嗡嗡的甜,挂在明亮的视觉里。
一十三省孤独的小水电站,都在发电。 而她
依然没来。 你抱着村部黑色的摇把电话,
嘴唇发紫,簌簌直抖。 你现在的样子,
比五十年代要瘦削得多了。 仍旧是蓝卡基布中山装
梳分头,浓眉上落着粉笔灰。
要在日落前为病中的女孩补上最后一课。
你夹着纸伞,穿过春末寂静的田埂,作为
一个逝去多年的人,你身子很轻,泥泞不会溅上裤脚

二〇〇四年十月

端午

一地硫黄,正是端午天气。
我的炉鼎倾空了。
堂前,椅上,
干干净净。
两阵风相遇,有死生的契约。
雨水赤裸裸,从剥漆的朱栏滑下,
从拱桥之下离去。

那时的他们,此时的我们,
两不相见,各死各的。
山水和棺椁
所蒙受的衰老经,
不可名状。
锣鼓仍在,无声而远。

二〇〇五年六月

春风斩

一

去年栽下的桃树,今年要结出
神经质的果子。
流水六成熟,
呈现出受惊的逻辑性。
又暗地里头疼,内分泌中
挺立着孤零零的宫殿。
台阶太高,
她跑得慌乱,
但一切终究是想当然,或花开成癖,
见桃花红了,我忍不住去浇灌,
在树下,
竟看到了山穷水尽。

二

笼中的鹌鹑,晃动着易失的脸,
像唿哨那么长,
那么浮肿,从漫不经心的树梢
密密地披挂下来。
一路好风光,一路装聋作哑。
她,拎着坛子,
愤怒地走过,
又一路揿下按钮,
阻隔着排山倒海的苦味。

三

这些年,河水被过度使用,
作为不动的明证,
她练成了鱼一样无用的身子。
不可解释的砂粒,
赌了咒似的闪亮。
这一切,总是在两难之间。
她终年磨墨,

把缺席者的歇斯底里,
化作纸端无限纵深的山水。

四

像退休的刀笔吏
一样沉得住气。
像浮云一样,迅速地长着舌头。
在田埂上,
鸟鸣中,
修辞学里,
抵消着令人惊心的衰变。
一座古塔,
在处女大雾茫茫的两胯间,
露出了,
棱和角。

二〇〇二年七月作,二〇〇六年二月改。

树下的野佛

我曾见邋遢的野佛,在岳西县
庙前镇一带的丛林里,
他剃光头,收拢爪子,
蹿到树上吃榧子,松脂,板栗,
吃又干又硬的鸟粪。
树下,虫豸奔突。
他跟它们交谈,喷唾沫,
形骸之间的自在、喜悦,像
蓝色的溪水在山谷卷曲。
一整天,我围着他呜呜地跳着,
直至暝色四合,孤月出来。
虫豸们一齐亮出
凶猛又荒凉的子宫——
我吹箫,他听箫,抱成一团的
影子摇曳,抵住欲倾的悬崖

病中吟

早晨,不得不谛听鸟鸣。 一声声
它脆而清越,又不明所以,像雨点的锥子
落下,垂直地落下,越垂直就越悲悯。
一年一度的大病,我换了几张椅子,
克制着自己,不为鸟鸣所惑而滑出肉体,
也不随它远去。 它拽着焦黄的尾巴,在松冠消逝
有些起伏,有些黯然

二〇〇四年十月

两岸

一

我称之为抵消的春日,
微风被镀于
无端的沉思之所,
衰老从枝头淌下,有张开的双颚,却终是无语。
柳丝以莫须有的牺牲,
显出柔软。
那三两下鸟鸣,我是不忍再听了。
我称之为孽障的履历和可轻易开启的柴扉里,
紫檀椅空着,
持久地无人享用。
她有四条腿,可供一个人和他心中的两岸稳稳地坐着
　　　去死。
多年以来,我的阴暗仅为这痴心的
木头熟知。 我有一个诨名和

交叉到来的四条腿。

只有这一点是可说的。

偶尔笑一下，悲伤像金属片震动不已。

二

当雨水到来，

圆木和春雷贯穿蜉蝣之耳。

第一笔的松枝和鸭头，完成了对山河的施洗。

只因为我克制太久了，

不能在发神经时，与你共牧风筝于河上。

焦虑依然不可名状，

云朵也尚似旧时。

那断了线的江山，我是不忍再看了。

只因为不可言诉，而湛蓝必将肇始于最简单的事物。

我只能吐下它的骨头，

在目力不可到达之处，

拆掉不知所踪的云谱。

二〇〇六年四月

陈绘水浒(选四)

五

松林寡淡,大相国寺寡淡,
路上走过带枷的人,脸是赭红的,
日头还是很毒,
云朵像吃了官司,孤单地飘着。
诵经者被蝉声吸引,早就站到了枝头。
替天行道的人也一样内心空虚。
书上说,你突然地发了疯,
圆睁双目,拔掉了寺内巨大的柳树。
鸟儿四散,非常惊讶,
念经的神仙像松果滚了一地。

八

须杀人以谢大雪的孤独。

须杀更多的人,从京城操场
到沧州山神庙,
需要鲜血点染的梅花,绵延不断。
但我们将忘掉他的杀人,只记取
他雪中的独舞,
只记取他的戏中箫声低咽,锣鼓冰凉

这个落草为寇的诗人,
面目实在有些虚实难辨:
上半截名唤林冲,身子美得像一段海水。
寺中长醉,妻子受辱,误闯白虎堂,
虽经赦宥,却难复旧职,
声音低沉得像积尽沉冤的淤泥,
下半截讳称豹子头,
消失于梁山的草莽之中,黑,
漆黑,不透出一丝丝光亮

九

天堂的一百零八双眼睛,
有些凉了,有些苦了。
带着病闪耀的悲观主义者,

锈在空中，又没抽掉返回人间的梯子。

没有谁能补上一座伪天堂的
缺口，宋江也不能。
我久久地在这刀笔小吏的
顶上盘旋，他有时是豹子的心脏，
有时是可剥去的皮毛。
有时是匍伏的黑暗，有时又是
玉石俱焚的超度。

十一

七月，黄河安澜，
诸省无灾。
嘴里淡出鸟来。
只是盐铁依然紧张，
白菜运输困难。
督粮的李逵偏偏又中了邪，
条条小径上，
都遇着和他僵持的自己

你看看我，我看看你。

同是紫皮黑髯，腰插板斧，
仿佛中间有面镜子，
谁也不肯，掉头远去。
唉，看官浑身
都淡出鸟来。
镜子自顾自地，映着墙头又红又酸的杨梅，
映着山河变旧，泥土入喉。

二〇〇三年七月

秋日会

她低挽发髻，绿裙妖娆，有时从湖水中
直接穿行而过，抵达对岸，榛树丛里的小石凳。
我造景的手段，取自魏晋：浓密要上升为疏朗，
竹子取代黄杨，但相逢的场面必须是日常的。
小石凳上早就坐了两人，一个是红旗砂轮厂的退休职工，
姓陶，左颊留着刀疤。 另一个的脸看不清，
垂着，一动不动，落叶踢着她的红色塑料鞋。
你就挤在他们中间吧。 我必须走过漫长的湖畔小径
才能到达。 你先读我刻在阴阳界上的留言吧：
你不叫虞姬，你是砂轮厂的多病女工。 你真的不是
虞姬，寝前要牢记服药，一次三粒。 逛街时，
画淡妆。 一切，要跟生前一模一样

二〇〇四年十一月

村居课

他剥罢羊皮,天更蓝了。 老祖母在斜坡上
种葵花。 哦,她乳房干瘪,种葵花,又流鼻血。
稻米饭又浓又白,煮完饭的村姑正变回田螺。
小孩子揭开河水的皮,三三两两地朝里面
扮鬼脸。 哦,村戏的幕布扯紧了,但蓝天仍
抖动了几下。 红花绿树,堪比去年。
一具含冤的男尸浮出池塘,他将在明年花开时
长成一条龙。 鸟儿衔着种子,向南飞出五里。
蘸鼻血的种子,可能是葵花,可能是麦粒。

二〇〇四年十月

中秋，忆无常

黄昏，低垂的草木传来咒语，相对于
残存的廊柱，草木从不被人铭记。
这些年，我能听懂的咒语越来越少。
我把它归结为回忆的衰竭。 相对于
死掉的人，我更需要抬起头来，看
杀无赦的月亮，照在高高的槟榔树顶

二〇〇五年九月

甲壳虫

他们是褐色的甲虫,在棘丛里,有的手持松针,
当作干戈,抬高了膝盖,噔噔噔地走来走去。
有的抱着凌晨的露珠发愣,俨然落泊的哲学家。
是的,哲学家,在我枯荣易变的庭院中,
他们通晓教条又低头认命,是我最敌视的一种。
或许还缺些炼金术士,瓢虫的一族,他们家境良好,
在枝头和干粪上消磨终日,大张着嘴,仿佛在
清唱,而我们却一无所闻,这已经形成定律了:
对于缓缓倾注的天籁,我们的心始终是关闭的,
我们的耳朵始终是关闭的。 这又能怪谁呢?
甲虫们有用之不尽的海水,而我却不能共享。
他们短促而冰凉,一生约等于我的一日,但这般的
厄运反可轻松跨越。 在我抵达断头台的这些年,
他们说来就来了,挥舞着发光的身子,仿佛要
赠我一杯醇浆,仿佛要教会我死而复生的能力。

二〇〇五年九月

秋赞

秋天，流水很响，白云几乎成真。
我屈膝倒挂在树上，看院中野蜂飞舞。
我知道你快来了，你轻轻地
从坟头摘下白花插于鬓角，
我等着你来，结束我端居耻圣明的铁板人生。
从松冠拂过的低颂，带着不可撤销的
神谕，我知道，你快来了。
在我崩溃的这一刹你几乎成真。

二〇〇五年九月

绝句

月亮,请映照我垂注在空中的身子
如同映照那个从零飞向一的鸟儿

二〇〇五年九月

构图

他坐在夏日的庭院打盹，耳中
流出了紫黑的桑葚，和蝉鸣。
一条铁丝绑着他齿间白桦围成的栅栏。
鼻孔翕动，掉下一小截烧焦的
椴木。 这样的结构真难咧，左上角的
大片天空，湛蓝，却生着虫眼。
可以推断这一年蝗灾很凶，天也干燥，
一院子的杏树不结杏子，只长出
达利焦黄的眼珠。 能窥见的室内，
清风缠绕着桌上的《航海日志》，
久久不忍离去，它的封面绘着庭院，
有人貌似打盹，其实早已死去。
书中有一个雕花木匣，木匣内有一个
镶嵌铁盒，铁盒内有一个纯白纸杯，
纸杯内安放他生前难以饮尽的
半杯海水。 海水布满我大志未酬的虫眼。

二〇〇四年十一月

乙酉年春日杂章

一、献给秦冰（一九七一—二〇〇四）

虫子蛀穿了铁皮顶。
月光漏下，斑斑驳驳，像在去年某日。
你舌头乌黑，在枝上沙哑地笑着，
像在闺中，新坟又腥又白，尖利的
物件很多，
你却选择了绳子。
像在乙酉年，我仍然爱你。
春风把你压弯的松枝高高弹起。
所有死于绳子的人，
都将复活，在风中，噼噼啪啪，重新长出五官。

二〇〇五年三月十六日

二、注入陈瑶湖的小河

我已经学会了,
掷硬币决定取舍。
我已经感受到了,春风是暖茸茸的,
前生了犹未了。

二〇〇五年三月十六日

三、博弈

我一边用尾巴拍打着石凳,
一边下棋。 两个无用的人,相互磨损着。
时日轮替的长针在闪耀。
针尖上,
埋着孔子尸骸的泰山在崩溃,
不舍昼夜的雨点,在崩溃。

二〇〇五年三月十五日

黑池坝

你告诫我,再不要做寄生虫了,虽然咽下的
只是废铁。 满大街的废铁,来自引擎和轮箍,在
　速度上
锈着,有时微苦,有时微甜。 你画下的线路图,
也是异常精确,驶出黑池坝,从寿春路右拐,
跨蒙城路桥[一]往北,揣抑郁和秋风往北,一直往北。
遇桉树林抱住的小湖,就停下。 那里多好啊,落叶
飘零。 持一片落叶,像收到母亲的一封来信。
你告诫我,与母亲的眼光不要碰撞,要学会躲闪,
我不能将满腔的废铁化作她想要的流水。 是啊,
是啊,此刻我就仰面躺下。 秋日太高了,你告诫我:
要阻止刀子从废铁中冲出来;要阻止生活在云端。

二〇〇四年十一月

――――――――

[一] 黑池坝为安徽省合肥市地名,寿春路为路名,蒙城路桥为桥名。

扬之水

一

赤脚,穿过种满松树的
大陆,
这么多滩涂、山川、岛屿无人描绘。
许多物种消失了。
许多人已尸骨无存。
我来得太迟了。

二

石头是黑色的,
在河流中它一点点地融化着。
我埋在心底的仇恨,
最终也将化为积雪。

跟我一起渡河的少女，对着
深深的河水发呆，
有的在长羽毛，有的在长鳞片。

三

路旁，顶着雪的座座农舍，
都有过令人难忘的宴席。

四

野蕨生在潮湿的洞穴旁。
采摘它的人，
空着手，刚刚离开

五

赤着脚，躲开暴雨、制度和
官吏

六

我歇在暮晚的坡上，头顶的松冠，

膝下的野薇,
脚边的蟾蜍,慢慢地
长出一模一样的笑脸。

七

像蜘蛛一样,赤着脚。
像蜘蛛一样,一辈子
连一次战栗都不曾有过。

八

苦楝树高高耸立。
她因生在南岸
而显得茂密。
去年我折枝之处,
今年,又有人折去一截。

九

石粟,变叶木,蜂腰榕,
石山巴豆,麒麟冠,猫眼草,泽漆,

甘遂，续随子，高山积雪，铁海棠，
千根草，红背桂花，鸡尾木，多裂麻疯树
红雀珊瑚，乌桕，油桐，火殃勒，
芫花，结香，狼毒，了哥王，土沉香，
细轴芫，苏木，红芽大戟，猪殃殃，
黄毛豆腐柴，假连翘，射干，鸢尾，
银粉背蕨，黄花铁线莲，金果榄，曼陀罗，
三棱，红凤仙花，剪刀股，坚荚树，
阔叶猕猴桃，海南蒌，苦杏仁，怀牛膝。
四十四种有毒植物，
我一一爱过她们。

十

采一把褐土，
采一把黄土。
如果我能像往昔一样，
咽下它们，我的身子将化作琉璃。

十一

你死后，

青蒿又长高了一点。

十二

早晨,我的耳中流出
蓝色的溪水,
鸟的眼中流出蓝色的溪水,
直至日出,无人卷刃。

十三

疯人院中,总趴在窗口的一张脸
将化作白云。
映着乱石和
柴扉。

十四

凡经死亡之物,
终将青碧丛丛。
就像这些柳树。
田埂上,

蜜蜂成群。

二〇〇五年四月

嗜药者的马桶深处

嗜药者的马桶深处,
有三尺长的苦闷。
她抱住椅子,咳成一团,
是啊,她真的老了,
乳房干瘪,像掏空了宝石的旧皮袋。
一边咳着一边溶化。
而窗外,楝树依然生得茂盛,
潮湿的河岸高于去年。

旧地址那么远,隔了几世。
我贴着她的耳根说:"姑姑,你看,
你看,这人世的楝树生得茂盛。
你死了,你需要的药我却继续在买。"
是啊,又熬到了
一个初春,
又熬过了哮喘发作的季节,
她在旧药方中睡着了。

她有一颗百炼成钢的寡欲清心。

二〇〇〇年四月作,二〇〇五年六月改。

捕蛇者说

蛇因怀疑不长四肢,它不分昼夜地
蜕皮仅仅出于对怀疑的迷恋。
灌木丛中的练功者,通体透亮,
仅仅因为他确信;蛇向上昂起的身子,
有着非蛇的一段——
咬住蛇身的牙齿,是使用汉语的、
嗜吃蛋黄的牙齿,
仅因怀疑而屡遭虫蛀。 多少年了,
荆棘里的蛇在生病,它眼中的月轮,
它胆囊中的月轮,相互反抗着,
吞噬自身的鳞片上留着哑默的牙印。
可取井水滋养一截绳子,以模拟它虚妄的
滑行;可砸碎它三角形的脑袋,
塞进不浓不淡的四边形。 哦,练功者在吐纳,
他打通任督二脉,就不再说话了。
捕蛇者尽在篓中,被或有或无的踪迹
追着跑。 春风中,他的竹竿上

长着霉斑,余毒远未排清。

二〇〇五年四月

天柱山南麓

一

十一月河水清洌,适合做成塔尖。
收割余下的刀口正慢慢抚平。
田野上,吹拂着大病愈后的轻松。
我坐在河岸,用红笔标出你的位置,
中年了,许多事物变得易于确认:弧形的
池塘说明它是个空壳,梯形的则蓄满幽灵。
你笑着,在地图中合上小木箱,
果子烂了,以迎接初雪。

二

燕雀不知鸿鹄,却是秋日同窗。
在宿命的丛林,
你变成我,我变成你。

有时在枝头共眺，山下连绵无尽的村庄。
每一户都住着母亲。 时而灰蒙蒙，时而铁锈色，
无端端悲喜交加。

有时绕着贫穷的屋檐，飞五圈。
要将这屋檐捆绑了，再捆绑，五次。 粥泼了。
哭着：要解开，要割断。

三

炊烟散去了，仍是炊烟。
它的味道不属于任何人。
这么淡的东西无法描绘。

四

野花颓败，像你换了一个面孔。
年轻人更加耗电，伏在小木桌上写信，
倘我的卷刀不够锋利，你的结局将在铅笔中
遭到涂改。 哦，捂着胸口的小河呜咽，
翻腾了几百里，仍是克制不住的泡沫
在落款。 我垂柳的教鞭指向水面。

你画出的波浪发黄,小石桥更高地拱起。
负木柴的佝偻老人正经过,
黑压压的人群走出了河底的淤泥。

五

我把诗稿置于陶罐中,
收藏在故乡雕龙的屋梁。
此屋建自明末,多少衰落的星斗敲打过
这鱼鳞状小青瓦——
多少人消失了。
穆旦啊,北岛,你们在夏季的圩堤冲出缺口,
而我恰是个修补圩堤的人。

二〇〇五年三月八日

逍遥津公园纪事

下午三点，公园塞满了想变成鸟的孩子。
铁笼子锈住，滴滴答答，夹竹桃茂盛得像个
偏执狂。 我能说出的鸟有黑鸦、斑鸠、乌鸦，
白头翁和黄衫儿。 儿子说："我要变成一只
又聋又哑的鸟，谁都猜不出它住哪儿，
但我要吃完了香蕉、撒完了尿，再变。"
下午四点，湖水蓝得像在说谎。 一个吃冰激凌的
小女孩告诉我："鸟在夜里穿过镜子，
镜子却不会碎掉。 如果卧室有剃须刀，
这个咒就不灵了。"她命令我解开辫子上的红头绳儿，
但我发现她系的是绿头绳儿。
下午五点，全家登上鹅形船，儿子发癫，
一会儿想变蜘蛛，一会儿想变蟾蜍。
成群扎绿头绳儿的小女孩在空中，
飞来飞去。 一只肥胖、秃顶的鸟打太极拳。
我绕过报亭去买烟，看见它悄悄走进竹林死掉。
下午六点，邪恶的铀矿石依然睡在湖底。

桉叶上风声沙沙，许多人从穹形后门出去，
踏入轮回。 我依然渴望像松柏一样常青。
铃声响了，我们在公共汽车上慢慢变回自己。

二〇〇五年四月

残简(选二十)

一

疯人院的窗台上种菊花。
有鸟雀剜去双目,唧啾着,向前飞出一段。
我知道她的短裤中,有令人生畏的子宫,
生硬的肝胆一年长高一寸。 无论你是不是
新来的院长,无论你乘坐闷罐车还是敞篷卡车,
请你推开窗户看她。
看旧公路上滚动喜悦的头颅,
顺手揪下一颗,嘴上叼着钥匙,向前飞出一段。

二

抓向虚空,那儿有礁石。
抓向那一排旧形体,持续地享用着它。
沥青中鼓动着飞散的燕子。

不过是一些垮掉的角色，鼻翼翕动却
什么也不说，他们攥紧了铁器，
路灯下噼啪的雨点让他们闪光。
醒来时，抓向越陷越深的"病根"一词。

三

秋天的斩首行动开始了：
一群无头的人提灯过江，穿过乱石堆砌的堤岸。
无头的岂止农民？官吏也一样，
他们掀翻了案牍，干血般的印玺滚出袖口。
工人在输电铁架上登高，越来越高，到云中就不见了。
初冬时他们会回来，带着新长出的头颅，和
大把无法确认的碎骨头。围拢在嗞嗞蒸腾的铁炉旁，
搓着双手，说的全是顺从和屈服的话语。

四

山中，松树以结瘤对抗虚无。
一群人在谷底喊叫，他们要等到
回声传来，才会死去——

八

湖边,老柳树上垂挂着露珠。
像孤苦老人牵着她的一群小孙女。
饱含惊恐的心脏裸出了,欲滴未滴——
一旁,计算机厂退休老太排队晨练,
哗哗地,抖动血一样的扇子。

九

秋天的琥珀滴向根部。
石缝里,有碎木屑,和蚂蚁虚幻的笑脸。
鸟雀在枝头,吐着又稠又亮的柏油。
有时,蛰伏在景物中的度量衡会丢失。
再过两天,就三十八岁了。
经历饥馑的耳力,
听见婴儿的啼哭,与物种死去的声音,
含糊地混在了一起。
旧电线中传来问候,含着苍老,和山峦的苦味。

十

甲以一只脚立于乙的表面。
秋风中的孩子追逐,他们知道,
甲是鹭鸶,乙是快要结冰的河水。
穿烟而过的麒麟,
给田野披上适度衰亡。
你是一片两片落叶压住的小路,
我是小路旁不能自抑的墓碑。

十二

下午,遥远的电话来自群岛,某个有鲨鱼
和鹈鹕环绕的国度。 显然,她的亢奋没保持好节奏,
夹着印第安土语的调子,时断时续,
在发抖的微电流中我建议她,去死吧,
死在你哺乳期的母语里,死在你一撇一捺的
卷舌音上。"哦这个!"这个丧失了戒心的下午。
隔着太平洋和无比迟缓的江淮丘陵,
她说她订婚了。 跟一个一百八十磅的土著,
"哦订婚了",无非是订婚了,我猜她的亢奋

有着伪装的色彩。而伪装对女人,到底是资源
还是舍不掉的特权?就像小时候,在深夜的田野,
她总要把全村唯一的手电筒,攥在自己的手里。
她也问起合肥,而我已倦于作答。我在时光中
练成的遁世术,已远非她所能理解——
哦此刻,稀有的一刻,我小学的女同学订婚了。
我该说些什么呢?下午三点钟,我猜她的腰
有些酸了,玻璃窗外的鲨鱼正游回深海,
而搅动咖啡的手指,隔着海,正陷于麻木。

十五

这些年我不停地搬迁,从旧地址中爬出的
钥匙喘息着,
它们有无用的胳膊,有无用的嘴唇。
它们有烂不掉的无用,在生活的难以下咽之间。

十七

刚在小寺中烧过香的
男人,打开盒子,
把带血的绳子拽直了,又放进盒子里。

摩托车远在云端,正突破绝望的音障。
是紫蓬山的秋末了。
鸟鸣东一声,西一声。
两年后将吞金自杀的女店主,
此刻蹲在寺外,正用肥皂洗脸。

十八

被切割成整整齐齐的
盒中,度劫的老虎和消防队员
嗑着瓜子,漫不经心。
在他们看来,杨柳是庸俗的,也是忧患的。
木刻的悲喜剧不舍昼夜——
倘若堤岸失火,盒子里换成了虚无的
皇帝,芍药花开,局面就大不相同

二十

上半夜,明月扑窗,嗓子哑了。
听课的人在坟墓中抬头。
须弥山吧嗒吧嗒地,正
穿过凹陷的针孔,

钟表上绷直的脚步，

有着从未挪动的纯洁。

下半夜，双腿锯去，我缩回窗内的身子所剩无几。

二十一

请在冥王星为我摆放

一张椅子。 我要对忙于脱毒的

蝎子说，晚安孩子们。

我将教会你们雕龙，

一种在云层穿梭却

从未被正确理解的怪物。

我将教会你们烤红薯，

获得永不会被替代的

香气。 作为年近四十的殉道者，请允许我是

献身的，和脱离了事物真相的。

二十二

长安剧院前的乌鸦，有时也飞到

公主坟和玉渊潭。 更远处，橘黄的

工人们立在梯子上，

把冻僵的老榆树反复地修剪。
积雪中移动的街角，裹起去留之间的
旅客，在车站广场上集体跺着脚，
等待一场浩大黑暗的降临。
一如那些难以消失的事物，你的喋喋不休，
和我持久的不言不语，
都仿佛另有深意。 当夹道的灯火亮起，
所有的人将发现，车马喧哗的枝头，
总是站着乌鸦，而穷人的院子
只住着发抖的喜鹊。 如果剪刀停了，
它们难免一起转过身来，
迎风露出心脏，和心脏内耀眼的红色补丁。

二十三

秋千挂进人间，湿漉漉的
她满足于它的摇动。
晚风中，她有七岁，和一脸的雀斑。
她有危险，和彼此欢呼的树顶。
而我们这批，镣铐中的父亲，在落日楼头酗酒。
从栏杆上，
看七八里外的纸上种着柳树，

运煤的驳船,

插着红旗和泪水。

是谁说过,这些景象全部得自遗传。

河山翠绿,像个废品。

喝着,喝着,

就有人哭了,有人被砍了头。

而她从高高的树冠荡下时,也已经很老了。

二十四

大啖红油和羊肝,牙齿

在假话中闪现微光。

有点白,类似野狐禅。

而剜去肝儿的羊,趴在山坡上,

默默地饮冰雪。

她刚哭过,于病榻上捉笔,

想起牡丹又画下牡丹。

二十五

狗全身充满灯盏,在杂货铺里。

在郊外,

牛屎也是灯盏,声色混于一体的灯盏。
那么多人在跑动,那么深的怀念。
他说"在",是病态的求证。
有人绊倒,
衰老泄了一地。

二十六

夜里风大,群山一齐摇摆。
星宿点点,越来越难。

二十七

用瓜果作幌子,
我去拆解她。 先拆头,
后拆脚,
不贞节的肢体塞满了庭院。
她金灿灿的,张着小嘴,等我喂药。
她是婚姻中的空瓶子,等着我注入
砒霜;她是遍体刺槐花的旧王妃,
爱着驾崩的老皇帝。
是啊,我也爱她。

我爱她假惺惺的样子,和嘴角淌出的蛋黄。

二十八

在湖畔我喊着松柏,
松柏说"在"。
我喊着鼬鼠,鼬鼠说"在"。
到底是什么,在躯壳内外呼应着呢?
像拱宸街头的两个瞎子,弃去竹杖,
默默地搂在了一起。
那些重现的,未必获重生。
那些虚置的,却必将连遭虚掷。

二〇〇五年十二月改旧作

鸟类的不朽(选二)

七

早晨我沦陷于鸟鸣的
坛子,
怎么也出不来了。
难道我所能做的,只是
在这鹦鹉体内
描绘鹦鹉,
在这斑鸠体内描绘斑鸠?
我想老去,但被制止。

十三

散步中直立起来的湖面,
像巨大的穹形建筑接近完工。
两个穿红风衣的干部,

在岸边的大排档吃羊。
他们一言不发,
像新漆过的死人。
头顶旧塑料袋避雨的老头,
看着湖水发抖,
他为什么要发抖呢?
哦一年一度,
春风吹来不出声的享乐和
一只白鹭。
春风里我的乌托邦在饿着。

一九九六年八月作,二〇〇五年一月改。

律句

醉心于一元论的窗下,看雕花之手废去,徒留下花园的偏见与花朵的无行。 有人凶狠,筑坟头饮酒,在光与影的交替中授我以老天堂的平静。 谢谢你,我不用隐喻也能活下去了,我不用眼睛也能确认必将长成绞刑架的树木了。 且有嘴唇向下,咬断麒麟授我以春风的不可控,在小镇上尽享风起花落的格律与无畏。

二〇〇三年七月

廊桥之侧

白鹤在松上游动,有寿者相。
什么是"寿者相"?又几乎不能描绘。
但我喜欢这样的气氛。
我读书的时候,喜欢有一株
芭蕉,
遮盖在我头顶。
我的爪子,在随即到来的
流水中,
绷得紧紧的。

二〇〇六年七月

早餐与解药

早上的脸从
玻璃中浮上来。
浴室,剃刀,墙,妻子,
——恢复了原形。

窗外,光线
产生了。
鸟儿问答,关于
每天都在失去的身子。

仅用比喻度过这一日,
是再好不过的解脱了。
"她们。 我。 那时。"像花落和人亡,
沉浸在两不知里。

二〇〇六年七月

谒三祖寺

让一座塔垂直来到纸上。
有掘墓的既往,可以附在齿轮上,
也可制作一段斜坡,
"春草尚绿"被视为对他的讥讽。

这些总忘不掉的,也是只走了半步的、即兴的。
这些再也不能满足我的
漫无边际的主义和枯藤。
让一座塔磕磕绊绊的发言——
是的,我是一行竹子,一个少数派,
一个胆大包天的虚无主义者。 当风格再次等于讥讽,

像冷不丁的一声笑,
顶着泥的羊头和明觉跳出湖面。

二〇〇六年九月

卡车之侧

卡车之侧,搬运工分成两排,
嘟嘟囔囔的两排。 蓝色的两排。 剪不断的两排。
他们从车厢卸下搅拌机,砂子,
塞在搅拌机里的砂子,和成吨的某物。
(我的秃头叔叔和村长的侄子
也在其间。)
他们不得不站成他们认为是"无用"的两排。
在村长的牙齿脱落之前。
我漩涡一样的视线里,远处梨花点点,白如报应。
但搬运工无权懂得什么叫报应。
整个下午,卡车默默地一路向东。
气温被控制在三十七度二,
能作为象征物的东西所剩无几。

二〇〇七年一月

新割草机

他动了杀身成仁的念头,
就站在那里出汗,一连几日。 折扇,闹钟,枝子乱成一团。

我告诉过你,烂在我嘴里的
割草机是仁的,
烂在你嘴里的不算。
树是仁的,
没有剥皮的树不算。 看军舰发呆的少女
卖过淫,但此刻她是仁的,
刮进我体内的,这些长的,短的,带点血的,
没头没脑的,都是这么湿淋淋和迫不及待。
仿佛有所丧失,又总是不能确定。
"你为何拦不住他呢?"
侧过脸来,笑笑,一起看着窗外

窗外是司空见惯的,但也有新的空间。
看看细雨中的柳树,

总是那样,为了我们,它大于或小于她自己

二〇〇七年三月

银锭桥

在咖啡馆,拿硬币砸桉树。
我多年占据着那个靠窗的位子。
而他患有膀胱癌,他使用左手,
他的将死让他每次都能击中。

撩开窗帘,能看到湖心的鸭子。
用掉仅剩的一个落日。
我们长久地交谈,交谈,
我们的语言。 她轻度的裸体。

湖水仿佛有更大决心让
岸边的石凳子永恒。 一些人
坐上小船,在水中飘荡。
又像被湖水捆绑着,划向末日。

后来我们从拱门出来,
我移走了咖啡馆。 这一切,多么像时日的未知,他独自玩着那游戏。

桉树平安地长大,递给他新的硬币。

二〇〇七年八月

卷二

白头与过往

> 汉苑生春水，昆池换劫灰。
> ——李商隐

早上醒来，她把一粒黄色致幻剂溶入我的杯子。
像冥王星一样
从我枕边退去，并浓缩成一粒药丸的致幻剂：
请告诉我，
你是椭圆形的。 像麝香。 仅仅一粒——
因为我睁不开双眼，还躺在昨夜的摇椅里。
在四壁的晃来晃去之间，
我总是醒得很晚。
七点十分，
推开窗户。
在东风中打一场太极。 腕底黄花，有裂帛之力。
街头，
露出那冬青树。
哦。 老蟾蜍簇拥的冬青树。

围着几个老头，吃掉了一根油条的冬青树。
追不上有轨电车，
骂骂咧咧的冬青树。
穿着旧裤子，
有点儿厌世的冬青树。
焦头烂额的相对论，不能描述的冬青树。
苦海一样远的冬青树。
请告诉她，
经历了一夜的折磨，
在清晨，我需要新鲜的营养。 当闹钟响了，
——隔着拱廊，我听见她
在厨房撬开"嘉士伯"瓶塞的
"砰，砰"声
（晨饮一杯啤酒，有助于我的隐姓埋名。）
七点二十分，
从塔下回来。
拳法和语法中的老鹤，双双敛起翅膀。
剪刀，字典，
立于桌面。
她给我送来了早餐：
一碗小米粥。 一头烤麒麟。 两只煎鸡蛋。
我坐在桌边喝着粥。 阳光射了进来，

慢慢改变着,我下半身的比例。
她的耳朵,
流出岩浆。
现在,轮到她躺到摇椅中了。
这个从马戏团退休的魔术师有假寐的习惯,
她已经五十五岁了。
我念给她听报纸的要闻。 又揭开,她身上的
瓦片,看一眼她的生殖器。
啊这一切。 一如当初那么完美。
再次醒来时,她还会趴在我的肩上,
咬掉我的耳朵并轻声说:
"念吧。 念吧
大白话里,有我的寺院。"

她映在镜中的几张脸,标着甲、乙、丙、丁的编号。
像晒在冬青树上,
不同颜色的裤子。
一双小羊角辫,
胜过所有的幻觉。 那是——
三十多年前。
覆盖着小卖部的,玻璃的树冠。
她用几句咒语,让镇里的小水电站像一阵旋风消失了。

工人们把她锁在配电车间里，
用瓦片狠狠地砸她，
一街冬青树都扑到窗玻璃上喊着："臭婊子
臭婊子。"
如今，她体内收藏着这些瓦片。这些最挑剔的
足够多的瓦片，
——在舞台中央，她常将手中的瓦片变成
几只扑棱棱的鸽子。
这么多白色的，伦理学的鸽子。和黑色的
辩证法的鸽子，
不可测的鸽子，
从铁塔上，都飞起来了。
聚光灯下，
椅子远逝。
当年深陷在父母眼窝的
一里多长的河水，如今在台上直立着。
当她揭开盒子上的旧麻布，
那座邈邈的小水电站，
又回到了我们眼前。
当年那片，发白的芦苇。
当年绕着我粗大阴茎产卵的，鱼群。
连同这些，无火的破庙，

婚丧的宴席，

我要一块儿向你们问声好。

当韩非子说出，"百尺之室，以突隙之烟焚"。

你们所留下的

和这烧掉的"既往"，

仍在这小园子里。

像一局残棋，那么清新可辨。

——"也唯有，魔术可以收拢起这些，碎片。"可我
　　总是在

不断地埋怨自己。 我是个病人，

我手持重兵，

不该轻信这个披着小花毯的，虚无主义者。

但舍不下的假相，

总让我坐立难安。

我劝她多服药。 拒绝"破窗效应"。

立足于此世。

这么多年过去了，

我仍在劝她栽冬青树三棵，分别取名"儒"、"释"、"道"。

分别享受这三棵树的喧哗

与静穆。

　"我把自己埋在树下

第二天，总被别人挖出来。"

哦，冬青树。

冬青树里埋着这些人。

当年的狗杂种，如今的白头翁。

中午对饮。 她把一粒蓝色致幻剂压在舌头根下。

雷声，

沿着她的裙子，

滚到了她的腰间。

在小桌边，

她吃着芹菜，

她专心致志地嚼着芹菜，毫不理会在

——烟蒂，残茶，扑克，利盟牌打印机，油漆

碟片，剃须刀，消毒液，避孕药，游戏指南，之上

在门外小池塘，鲩鱼背上

在水电站站长的头顶

在柏油路上，在黑白片中，在京郊，在汉口与

长沙之间，

在拖拉机烂在地里的安徽省，在一座座

被陨星砸毁的屋檐下

在由此上溯一千年的，一个农妇恍惚的针尖上

在基因里——

滚来滚去的春雷声。

我是一个经验主义者，
适合与这样的人对饮。
我把那些失踪的事物视之为我的"讥诮"，或魔术
　　我把
飘在空气里的
插满芹菜的盘子，叉子，碟子，
和疑为芹菜所变的
盘子，叉子，碟子，
还没来得及进化为鸽子的瓦片，
概述为"惘然的敬意"。和一个人在语言中，不及物
　　的行程。
噢。以一杯五十二度的醇浆，
克制着它们的亢奋。
这是哪一年？那一年。斜坡从
冬青树丛里，带着泥跃出，
供两个人的帝国在那里形成。
我给她念剪下来的报纸要闻，
一块儿听着
苏联垮掉的钟声。
小卖部旁。热腾腾的轮胎
正变成她嗜爱的，意识形态的芹菜。
——我是一个种过芹菜的人，

深知其中的不易。
又或者不是这个人？不是这一副在
终将枯萎的花环中
瘫痪下来的面孔。 不是这个，人老珠黄的魔术师
是另一个女人的侧面？
在卧室里。 我送她一盒阿奇霉素片。 她给我看她
　　　引以为傲的小腹
这个把石头搬来搬去
摸到一块石头，就能变成一盏灯的人。
有一盏液体的灯，
一盏嗅觉的灯，
一盏誓言的灯。
用一排老冬青树，紧紧地将它环起。
它无与伦比的样子，
有时让我视线模糊。
夜间。 在傻乎乎的孤枕边。 朝唇上，翻出硫酸的泡沫

从小卖部旋转着的后门走出的人，
都有一个裂开的下巴。
如今的白头翁，当年的狗杂种——
他们玩着刀子，
在小剧团，

吹起蝙蝠一样忧伤的口哨。
你称之为"涿县野种"的这帮街头痞子。跳到了
桌子上，
把拳头整个儿地塞进荡妇们的阴道。
在哄堂大笑中。在那些年，廉价的噱头足以谋生。
当滴入瓶中的高锰酸钾
在红布下
变成了一只只孟加拉虎。
你告诉他们，虎是假的。瓶子也是假的，
不存在比喻。也不存在慰藉。
像冬青树。从不需要遮蔽的
那些事物，在硬壳下的秩序之变。
"像大卫·科波菲尔，用电锯
锯开了自己的脸。"
他们有着从自欺的戏法中脱身的本领，
但所有人，宁肯相信他们的"所见为真"。
他们目瞪口呆地看着，一辆辆卡车
在我的嘴里溶化掉，
看着我在一个空杯子里
徒手再造了纽约城。
——让那帮小混混，那些食不知味的人居住。
哦。这些风中的铁环，

这些不知名的法器。
攥着手电筒飞越湖面，只为了一睹奇迹的大众，
你们乐不思蜀的
和那些终将葬掉你们的
那些。 非个人的盒子，
和不可战胜的手杖。
那些。 用最简单线条画出的迷宫，
如今在哪里？还剩下什么？
像呜咽着击翻冬青树林的一粒粒恒星。 嵌在
　　无人可问的夜空

晚上蛰居，虫集于冠。 我们分享着一粒黑色的致幻剂。
我有些累了，
隔几分钟，就去一趟阳台。
我歌颂阳台的那些杂物。
几年前喝剩下的
一杯可口可乐。
几件宋瓷的赝品。
——她穿破的旧裤子。
一只旧篮子。
几张购物卡。
曾几度废掉的笔记。

被老鼠啃噬的《新左派评论》。

我遗忘在钻石中的避雷针。

为什么，还在这里？

当蒙泰斯达被路易十四钦定为王后，

在她种植的冬青树下，

警方挖出了两千名婴儿的骨灰罐。

她的故事。 魔术在世俗中

激起的浪花。 墨西哥长达几个世纪的活人献祭实践。

为什么？还在这里。

像我每天走在路上，

经常感到无处可去，

想直挺挺站着死掉。

我想混入那些早起的送奶工人。 学他们的样子。

  在冬青树的阴霾里

不停地咳嗽着，

可一个断然的句号把我们隔开了。

我，还在这里。

我的替身，也还在这里。

——当远处。 从蛇胆中一跃而起的

月亮，

把斑驳的阴影印在高高昂起的蛇头上。

我知道那些目不能及的

偶然之物,正在精确地老去。
如同白头翁,
无情地覆盖了狗杂种。
会有某种意外发生吗?
当几朵雏菊,在山坡上,与大片荒坡展开了辩论。
象征着遗失的这场辩论,
象征着屈辱的,咕咕叫着的鸽群,
在空中,曲着脖子,
仿佛从未接受过那魔术的驯导。
哦小卖部旁的余荫,
她不顾一切的远离,
更加对抗的冬青树。
假如我不曾吃过你哺育的小麒麟。
假如我在拒绝它的灵性之时,也拒绝它的皮毛

年过四十。 我写下的诗歌深陷在了
一种连环的结构里。
像建在我卧室里的那些,死而复生的小水电站,
正冒着甜蜜的淡烟。
桌上,
唯物的麒麟依然不被认识。
我抚慰着她不被认识的恐惧。

作为一种呼应:
我的小米粥里,
神迹像一圈涟漪正在散去。 我所歌颂的杂物,
我的冬青树丛,
正在散去。
我的厌倦在字典中,标着甲、乙、丙、丁的编号。
旧家具里,
纹理深深的算术题。
假如我们从未经历这一切——
当她把窗帘的拉杆拉断了,转过头来,问我:
有没有来世?
我说"没有"。
她终于数清了剪刀下的冬青树。 又转过头来问我:
有没有此世?
我说"没有"。
她喝光了苦涩的小米粥,抹抹嘴,问我:
有没有一个叫"涿县"的小镇子?
我说"没有"。
我们可怜地抱在一起。
像摸到的石头都变成了灯一样的,局促不安。
她的喘息,变得又粗又重,
闷头喝着"嘉士伯"啤酒,
我捏着无聊的碳笔画画。

我在一张白纸上，
画下了"失衡的斜坡。 与抖动的马体"。
我写道，两个毫不相干的事物
之间。 有着若干种更深的次序。
就像日常生活的
尸体，每天都来到我的身上。
仿佛——又觉得难以合身，
像一排随处可见的老冬青树，
在街头，被别人无端剪成了环形。
为什么总是"别人"？别的
灯盏，字典，
立于桌面。
当雨水顺着她们的叶子。 慢慢垂下了
我的形状。 我的传统
宛若白头之下
雷声滚过它曾经爱着的每一条旧裙子。

（此诗献给客死在河北的我的朋友 ML 先生和 RJ 女士，一对魔术师伉俪。）

二〇〇七年十二月—二〇〇八年一月

中年读王维

"我扶墙而立,体虚得像一座花园。"
而花园,充斥着鸟笼子

涂抹他的不合时宜,
始于对王维的反动。
我特地剃了光头并保持
贪睡的习惯,
以纪念变声期所受的山水与教育——

街上人来人往像每只鸟取悦自我的笼子。
反复地对抗,甚至不惜寄之色情。
获得原本的那一两点。
仍在自己这张床上醒来。
我起誓像你们一样在笼子里,
笃信泛灵论,爱华尔街乃至成癖——
以一座花园的连续破产来加固另一座的围墙

二〇〇八年九月

听儿子在隔壁初弹肖邦

他尚不懂声音附于何物。
琴谱半开,像林间晦明不辨。 祖父曾说,这里
鹅卵石由刽子手转化而来,
对此我深信不疑。

小溪汹涌。 未知的花儿皆白。
我愿意放弃自律。
我隔着一堵墙,
听他的十指倾诉我之不能。

他将承担自己的礼崩乐坏。
他将止步。
为了一个被分裂的肖邦,
在众人瞩目的花园里。

刽子手也有祖国。 他们
像绝望的鹅卵石被反复冲刷,

世界是他们的,
我率"众无名"远远地避在斜坡上。

二〇〇九年二月

十字架上的鸡冠

在乡下,
我们是一群雷劈过的孩子。
遗忘是醒目的天性。
从未有人记得,是谁来到我们的喉咙中,
让我们鸣叫,
任此叫声——浮起大清早无边的草垛。
而所有文学必将以公鸡作乡村的化身:
当词语在手上变硬,
乡村列车也藉此,穿过我的乱发而来。
公鸡的叫声,在那颅骨里,
在灯笼中,
在旧的柏油马路上。

鸣叫之上的隐喻,
点缀鸣叫之中的孤单。
倘我的喉咙,是所有喉咙中未曾磨损的一个。
从未有人记得,是谁在逼迫我,

永记此鸣叫，
在我恒久沉默的桌面之上——
像记得那滋润着良知的，
是病床之侧的泪水，
而非冥想，或别的任何事物

永记那年，十字架上鸡冠像我父亲的脑溢血一样红。

二〇〇八年十一月

湖边

垂柳摁住我的肩膀,在湖边矮凳上
坐了整个下午。 今年冬天,我像只被剥了皮的狗。
没有同类,也没有异类。
没有喷嚏,也没有语言。

湖水裹着重症室里老父亲,
昏聩的脑袋伏在我的膝上。 我看见不是我的手,
是来自对岸的一双手撑住他。
僵直的柳条,
垂下和解的宫殿。
医生和算命先生的话,
听上去多么像是忠告。
夜间两点多,母亲捧着剥掉的黄皮走来,
要替代我到淤泥的走廊上,歇息一会儿。

二〇〇八年十二月二十四日

蟾蜍

脚底下,
蟾蜍忽然一动。
头顶,
孤鸟回村,拉着一根直线。
有更多无邪的线条,
像婴儿无声滑下楼梯。

我靠在电线杆上抽烟,
看着从大坝和泡沫中穿行的铁路。
看着幻觉的蟾蜍:
他们是各自的发光体。
跟我遭受的政治暗算不同,
他们,
迷信无为的哲学。
像风中清净的树枝,挥动一笔而成的《快雪时晴帖》。
区区二十八字,
为了完成俗世的誓言。

也为了躯壳在其间更快地分解——

听它沉闷的"咕咕"声,
仿佛舌头上压着一座寺院。
因其母语,
赋予河对岸以更广大的沉默。
它的丑陋构成重檐:
我不得不
——隔绝,与那些生下我们的人。
在薄暮的草丛,
收拢它们散于各处的器官。
其间有离别。 有不忍。 有哭泣。 有各种异己的标本。
那些线条,
状如故土之名。
柜子里,有它们无端的、缩小的尸体。

二〇〇九年三月

你们，街道

> 凿井北陵隈，百丈不及泉。
> ——鲍照

写一首诗，临近中年的凶险。
写一本书，要用更强的聚光灯了。 又
不愿弃去胸中的铁塔，
不得不强设一些人事，一些场景。
比如这次，我塑造了两个老木偶，在午后
抬着一块玻璃，在最强烈的对应中
到我想去的地方去。
哦，这是午后的老木偶过街，
两旁新建的大厦纷纷倒立着，
进入他们的玻璃：
有巴洛克式尖顶。 有穹形门。 或徽派的马头墙。
一只红气球，被一座大厦压着。
两棵樟树之间，
几个公务员的扁脸。

换来换去的,是总也数不清的
几条腿。
孩子们喜欢危险的余荫。
他们把旧皮球踢往那里。
为什么有两棵香樟树呢?
让警察钻入其中一棵,吹着哨子,闲看树后的飞禽。
按理说,爱看飞禽的人,
都见过一两座宿命的铁塔。
多年前,埃舍尔用的是习惯性的梯子,
他把梯子架在白色的果园里,
从墙头露出半截出汗的身体,
以此表示他的空间是多变的。
这在一个东方诗人看来,
未免有些幼稚,
他为什么,不在那里画出一块玻璃呢?
"噢,这鬼天气……"
街边的人不住地打着喷嚏,掉下头发。
大约,两点多钟。
超级市场的人流中,
橘红色的乌托邦正在形成。
从遥远的果园,到货架上
贴着标签的苹果,

都再不能养活我了。
我是两个老木偶中的一个。 但又忘掉了到底是
哪一个。 我出着汗表示我对生活有着无以复加的盲从。
在旧皮球下的余荫晃过头顶之际

我早就谈论过，中年的凶险。 中年的不群。
像一幢大厦孤独的第十四层，
这块琉璃，又必须安装在那里。
——楼下。
在剪得齐整的弧形花坛中。
小墙边，安放着她的词，她的梯子，她的天灵盖。
我早就谈论过天灵盖，可你总是不信。
舌头上的梯子，
有着果园般的灵巧，让我欣喜，
而作为信号，还会有一只红气球
从那个窗口飘出来。
我爱过的女人住在那里。
像一扇打开了半边窗口的，陈述句。
她浓妆艳抹，证明她空室以待。
她无事可干，就拿起毛笔
反复在额头上写着一个"且"字
哦。"且"字——

（如此均衡的笔构，令人想起灵魂的秘密。）
二十五年来，她每天从窗口释放掉
一个球体，
以获得某种安慰。
此刻。 她正安静地拆着一个闹钟，轻轻摸着
那堆慢下来的肢体。
"给我一根新的秒针，我就不会拆掉它。"
过一小会儿，
她还将躲到桌子底下。
像幼年时躲在一截树皮里，
等着父亲从夜间的屠宰厂归来。
当树皮在梯子里闪亮，
门外的沙沙声，像在另一个空间里。"嗯，我提到
　　埃舍尔
实在是迫不得已。"
如果玻璃送到，我们将获得一口袋的硬币。

像我谈论过的建设。 光有天灵盖是不够的，
我建设一条大街需要沥青、鸽子和铅笔，也需要一个
帕索里尼。
这个色情片导演的心，
在我看来，就像一个少女的肛门

那么干净。
我爱过的女人却不理解这些。 她们建起了大厦往往
向南倾斜。 她们缺少的
唯心主义的砖块就像
少女的肛门,那么干净。
她们的防盗门,她们的权力,她们的晚餐,
在一棵香樟上透着暗香和戒律。
"你不是早就厌倦了吗?为什么
又要来找我……"
她的喃喃自语,让楼下的天灵盖发烫,
"啊。 你——"
你。 为什么不爱上一个木偶呢?
你的脸我转身就忘了。 在这个
由无数张脸排列成的剖面之上,
我真的是厌倦了,
我稍一用力,街道就滑出好远。 而你们,
坐在杂货店里卖禁片的小老头,晾在自来水管上的
一条条蕾丝的袜子,
戏剧海报上干巴巴的刘皇叔,
又正因厌倦与色情为我所爱。
哦。 城市。 你的景物为我所爱。
你的湖滨,你胯间的突然裂开的老木头为我所爱。

你细线之下的淡水危机，
为我所爱。
你的谎言，和这谎言里灵巧的舌头为我所爱。
你确信我在活着吗？ 活着，每天。
看掉你的一抽屉碟片。
在被擦掉的摆放闹钟的位置上，
换上一台新的。 并让她，把手从午后的肛门上移开。

我们谈论的正是，中年的玻璃
映照着中年的台阶。
帕索里尼总是在这楼梯埋下
那些我们曾经爱过的女人。
在他的影片里。 果树开花了，
白晃晃的一大片，
女人们绕着树干，
走过来，又走过去。
仿佛苹果真能够让她们得以解脱一样。
靠在梯子上的我们，难免五味杂陈。
这样的障眼法。
这样的时辰。
微风中，我们的眼睛是浮肿的，
我们看到的台阶

永远要比踩到的，少去一级。
从窗口远去的红气球，
却仿佛因此永生，
在她低垂的细线之下：
——菜市场边，退休老工人正用油锅炸着鹌鹑。
浮世绘的油锅，三条腿支着。
而别的鹌鹑扑腾，
在郊外，明亮的山毛榉林里。
一只瓶子正"砰"的一声，
冒出一大摊泡沫。
无人的楼梯上，一节台阶正在隐形。
桌边，大辫子盖住了半张脸的
那个女人，
扔掉了毛笔。 正把旧闹钟的一个零件，
塞进果园一样辽阔的阴部里。
球是静止的。
孩子们的天灵盖在白线上一字排开。
（我谈论过天灵盖，可你总是不信。）
棚户区上空。 猪栏起伏。 远郊的群山也起伏。
群山不管多么乱，
总像在等一个命令，一下子扑过来，埋掉我们。

按照埃舍尔的说法。 中年必须养一些甲壳虫,
以映衬那些小面积的果园。
中年的大屋之侧,必须挨着两样:
写着时代标语的精神病院,
和一座(季节性的)旧图书馆。
在甲壳虫的背上,
煤气灯具咝咝地响着。 新一版的维基百科全书,
静静躺在雕花的柜子里。
图书里充满了植物的幻觉描写。 这些正为我所爱。
这些年。 我最喜欢做的
就是一个人时,
与这些树木的交杯言欢。
是哪一年? 哪条路上? 在郊野的开发区之夜,有
令人揪心的高压线。
我们像两棵黄杨木一般交媾。
我们是两棵黄杨木里溢出的死人。
如今,车窗外疾驰的科技大学
还在那里。
而黄杨木做成的梯子,已经烂掉了。 渐渐地,
对强设的东西感兴趣,
对裸体感兴趣。 并
懂得了"一个词"的光与影。

长久地坐在这影子里。 坐在变硬的脂肪里。
或者，在令人心慌的聚光灯下，
等候新的梯子，把我们运载到十四层去。
老木偶们剃光头。 在甲壳虫循环到来的头与尾中
喋喋不休地嘀咕着。
"我们，在玻璃反射出的楼梯之上
走着。 而这块玻璃
正抬在我们自己的手上。"
不要把腿迈得太高。 不要迷恋逃跑工具。 不要怨恨
哦梯子你好。 黄杨木你好。
在玻璃里晃动的
大厦你好。 我记得你至今仍是倒立着的

假如让这座大厦一直倒立下去，
在它的室内，理光牌复印机会闪出蓝光。
大约，两点多钟，
她喝掉一杯咖啡，
陷入了软体动物般的沮丧。"如果，你们认为
我放出的每一个球体
都是可以复制的——或者说，倘能找到衡量命运的
另一把尺子，要远远重于拥有此刻，
如果你们真的这样固执

我也就无所谓了（不过是，一种说法）。"在午后充足的
光线里，
这句话类同于一个谶语。
但最要紧的，是要找到
一个新的方法，
把垮掉的闹钟跟她的下半身分离开来。
当街头果树开花，鸽子们在抖落翅膀上的金粉，
交叉小径上，
白晃晃的一大片。
哦玻璃中的帕索里尼，
你好。"我会在你脸上，
涂上一公斤的油彩。也会告诉你，
把我爱过的女人，埋在哪一截楼梯之上。"在三月
份，或者
不算太远的另一些日子。我们
会为这种短暂的施与获得某种回报。虽然
回报的白晃晃——仅限于视觉上的——连警察也不屑将
它涂抹于路两边的，果树上。当鸽子们
沿着弧形的老烟囱滑下。收拢起
（有时候，在细雨中。）
爪子。在一曲双簧中看到近于圆满的结局。
在我们谈论的街头，苹果花灿烂，

让人恍惚。
苹果花的"破"与"立",
是长期困扰我的一个问题。 没有一双手
可以抹去这些笑脸,
也没有一些步伐,随盲肠般的小巷溶入
迎面而来的薄暮,仿佛可以解开的绳索。
现在好了。 苹果花:这根"唯我论"的接力棒,
我终于可以递出去了。 我看到
一大群傻乎乎的学生捏着焦炭在画它。
像埃舍尔一样,我确信
在虚无中绽放的正是这些苹果花。
不是你嘴中那些逻辑的唿哨。 不是你夹在
一本书中,曾赠予我的那些褐色岛屿
"在你们那个年纪,这满街的身体都是
金币
去挥霍吧,挥霍吧……"
在那些,正被遗忘的声音、图案、线条里
当然,也不会是我用以自喻的这一种人:
在公共汽车上发愣,又几乎在一个瞬间
就分成了三群
一群站在原地歇斯底里了;另一群,在超市里
买到了苹果

和苹果园
还有一群在聚光灯下，练习瑜伽。 她们像多边的
　　玫瑰顺从了
局部的切割——从未有人怀疑过这一切，
她们中的一个，将独自灰心地回到
那幢大厦的第十四层，
趴在一个球体上哭泣。 这是一个
多么好的世纪啊，
靠杜撰就能博得云彩。 又能如此屈从于
与那些无名之物的默默交汇——

在这该死的中年，
我们活在强设的旧符号里。
宛如玻璃中的台阶，
眼看着踩到它时，它就消失了。
脚一抬起，它又奇异地出现。
（这或许表明，我还有能力书写具体。）
当午后的老木偶，紧盯着被我塞得满满的身子。
　"……噢，这鬼天气！"
我年迈的父母就曾躲在这树皮里，
白晃晃的一大片。
正在维基百科全书中查阅"闹钟"一词的女儿，

等着他们从,另一个空间里回来。
她沙沙响着的肢体,
她滚烫的天灵盖,
(我谈论过天灵盖,可你总是不信。)
被一双来历不明的手拆着。
午后的银河系,依然住在一朵燥热的苹果花上。
街上的果园,看上去都是
红色的。 这让炸鹌鹑的小老头觉得不可理喻,
他坚持认为,是他从杂货店卖掉的
一张张碟片,
创造了伟大的帕索里尼。
"让我去死吧——如果我不能从
你们制造的梯子上,从这些技法上,从这些
奇怪的东西中,分身出来。"
哦,我钻入一棵遗忘已久的香樟树,
吹着哨子。 闲看飞禽,
又把旧皮球踢向余荫。
在那些该死的符号里,
我已活到了中年。
在这个单细胞的、当隐喻
成了一个流行病种的、世纪,
经验们正"砰"、"砰"地冒着凶险的泡沫。

我有时走在左边,有时又
走在了右边,
不知用哪一具身子,在台阶上出着微汗。

二〇〇七年十二月

孤峰

孤峰独自旋转,在我们每日鞭打的
陀螺之上。
有一张桌子始终不动,
铺着它目睹又一直被拒之于外的一切。

其历练,平行于我们的膝盖。
其颜色掩之于晚霞。
称之曰孤峰,
实则不能跨出这一步。

向墙外唤来邂逅的早餐,
为了早已丧失的这一课。
呼之为孤峰,
实则已无春色可看。

大陆架在我的酒杯中退去。
荡漾掩蔽着惶恐。

桌面说峰在其孤，
其实是一个人，连转身都不可能。

像语言附着于一张白纸。
其实头颅过大，
又无法尽废其白。
今夜我在京城。 一个人远行无以
　　表达隐身之难

二〇〇九年三月

正月十五与朋友同游
合肥明教寺

散步。
看那人，抱着一口古井走来。
吹去泡沫，
获得满口袋闪烁的石英的剖面——
我们猜想这个时代，在它之下，
井水是均衡的，
阻止我们向内张望，
也拒绝摄影师随意放大其中的两张脸。

而头脑立起四壁，
在青苔呈现独特的青色之前。
我们一无所思。
只是散步。 散步。 散步，供每一日的井水形成。
有多年没见了吧？
嗯，
春风在两个拮据的耳朵间传送当年的问候。

散步。
绕着亭子,
看寺院翻倒在我们的喉咙里。

夜里。
井底的稻田爬上我们的脸哭泣,
成为又一年的开始。

二〇〇九年二月

正月十五晚,醉后穿过寿春路桥

我的断裂发生在
成为父亲之前
在茂密的榛树林豪饮
我们都曾讥讽别人
你
或者我
这座房子,明亮又麻痹
这座房子被遮着它的树枝狠狠弹了回来
盖在我身上

穿过一路的灌木丛
在整齐的剪刀下
下雨了
远处孤灯
沐浴于形式的宗教里

我的断裂发生在今晚,突如其来的一人分饰多角

一群人的冷淡
在我体内晃动
我
拖着一座点起孤灯的老房子往回走
这个时代会结束
在我从一数到一百并掏出
它浑身发抖的钥匙之前

二〇〇九年二月

可以缩小的棍棒

傍晚的小区。 孩子们舞着
金箍棒[一]。 红色的,五毛或六毛钱一根。
在这个年纪,
他们自有降魔之趣。

而老人们身心不定,
需要红灯笼引路。
把拆掉的街道逡巡一遍,祝福更多孩子
来到这个世界上。

他们仍在否定。 告诉孩子,
棍棒可以如此之小,藏进耳朵里。
也可以很大,搅得伪天堂不安。
互称父子又相互为敌。

─────────

[一] 语出《西游记》,见第三回《四海千山皆拱伏,九幽十类尽除名》。

形而上的湖水围着
几株老柳树。也映着几处灯火。
有多少建立在玩具之上的知觉
需要在此时醒来？

傍晚的细雨覆盖了两代人。
迟钝的步子成灰。
曾记起新枝轻拂，
那遥远的欢呼声仍在湖底。

二〇〇九年三月

怀人

每日。 在树下捡到钥匙。
以此定义忘却。
又以枯枝猛击湖水，
似布满长堤的不知不觉。

踏入更多空宅，
四顾而生冠冕。
还记得些什么？
蓦然到来的新树梢茫然又可数。

二十年。 去沪郊找一个人。
青丘寂静地扑了一脸。
而我，斑驳的好奇心总惯于
长久地无人来答——

曾几何时。 在你的鞍前马后，
年轻的体用轻旋。

一笑,像描绘必须就简,
或几乎不用。

空宅子仍将开花。
往复已无以定义。
你还在那边的小石凳上,
仍用当年旧报纸遮着脸。

二〇〇九年四月

翠鸟

池塘里,
荷叶正在烂掉。
但上面的鸟儿还没有烂掉——

它长出了更加璀璨的脸。
时而平白无故地
怪笑一下。
时而递给我一个杯子,
又来抢这只杯子,剥去我手心的玻璃。
我们差不多同时
看见了彼此。 却从未同时忘掉。
如今有更多容器供我回忆,
复制老一辈人的戒心。

还有许多自我,
有许多平衡。

哦，这里有多么璀璨，多么忠实的脸，
让母亲在晚饭中煮熟更远的亭子，
而我们相互的折磨将坚持到第二天早晨。

二〇〇八年九月

姚鼐[一]

一七七四年冬。 泰山北麓的小马尾松结成扇形。
松鼠抱着松果,
回到岩下窝里。
山脚下。 祖父们在烂了的稻茬丛中起伏。
哦。 他们至死的禾苗,
他们指间的宝塔,
(这样的开阖。 是否有更深的意思?)
在傍晚。 当蝙蝠在小哨所和杂货店的门框上排列出
发光的图案。
他们吐下的雨水,
枝条之下的雨水,
滴滴答答地稀释着
瓶子里的蜂蜜。

[一] 姚鼐(一七三一——一八一五),"桐城派"之集大成者。一七七四年曾写出《登泰山记》。在仕途的巅峰期辞官回乡,开馆授学教化民众。

——麻雀，飞快地将一枚板栗击穿
激起一小团叫作"时间"的褐色烟雾。
我历来对这类风物的遗传，
充满了警惕。
像子宫的收缩。在那些仿佛可以随意剪辑的句式中，
在蜷曲于一台电视机中度过的无聊下午。
我的遥控器里，
有四个无名轿夫和知府朱孝纯漫长的哈欠。
一个怪脾气文人的膝盖下，
侧卧着为俚语所困的山顶。
当他用桐城腔念出"苍山负雪"之时，
我忍不住笑了——
我认得那个蹩脚的男主角：
他扮演他难以理喻的姚鼐。
在清风剥开他的前额，
麻雀连续击穿板栗、松果、和我换来换去的频道之际，
他用手指拢了拢几根花白的头发。
只有这一刹那的灰暗，
是恰如其分的。
这么多年，我厌倦登山。
用腿丈量的旧障，我早已度过。

在呼啸的缆车里,

偶尔看一眼山外。

我知道那祭祀的香火中摆着我的桌子。

桌上。 呜咽的小瓶子里,

靛青的蜂蜜以凝固供我自省。

——大片的,《清史稿》里的棠棣树,在那里。

邋遢主妇的小河水,

宽大履带的卡车在山腹压出的齿痕,

忽然一动的小石桥,主妇们

捕捉麻雀的蓝色旧围裙

在那里。

围着山巅在转动的坛子和田埂,

捶打着山脚下一无所获的沮丧。

挑粪农夫嘴角上,笔直的炊烟。 和

数不清的,当我们老去便无人可属的小河水

——在那里。

赤脚医生张春兰的小诊所,

也在那里。

树荫下。 锥子的缝缝补补和

三两声止痛片般滚动的狗吠

点缀着河岸——

假如姚鼐不曾登临,
这一切已终难描绘。
我一个哈欠接着一个哈欠的下午像瓶子里
发出"砰"、"砰"、"砰"的敲击声。
当老桑向屋顶展开尺度,
巉岩之灰在语文课本的
复述之中一年长高一寸。

我侄子曾送给我一尊泥塑的姚鼐。
披头散发的姚鼐,
有一张苦味儿的瘦脸。
侄子从合肥搪瓷厂下岗之后,再无事可干,
整日躲在小屋子里,
用木刻,竹雕,纸剪,铁削,窖藏了无数个姚鼐。
(事实上,这不能养活他患肺病的妻子和
上小学六年级的儿子。)
我骂他的时候,他急促地喘着气,
大声地跟我争辩——
这也正如当年的姚鼐走了过来,
余荫下说着他坐地成仙的大梦。
哦。 夏日的午后,

对生活的忍耐像一笔不动产。

闷热哦。 三尺多长。

稀里糊涂的搪瓷和

理应扔到门外的不动产。

我们的争吵中,间或刮进一缕清风:

当麻雀,击穿打着盹的这粒粒桑葚——

我知道我的桌子终于从桑树下摆出了。

我们谈论着,那时的专制,

那时的金銮殿,

那时的钟声。

那时的小池塘里,从同一个切面截取的荷花,

被观赏者愚蠢地比喻为"晚节"。

时而是闷热的偏殿。 在旁观者眼里,

我们是完全不能相容的两个人。

你有卫道的

松枝,

我有世俗的

桑葚。

你有一颗从祖卧的凉席上伸长了脖子,看门外

茅荠长出白花花身子的闲心,

我有无数个在街头厮混

搅着声色的烤羊肉串、不愿回家的夜晚。
你有坟头的占星术
我有瓜子壳吐了一地的、看不完的肥皂剧。
你有跟老僧谈棋的
一垄两垄韭菜地,
我有——抱着靠卖淫养活全家的妓女一起哭,一起用
　　头撞墙的
一面墙,和无数面墙。
那墙上的红标语变得黯淡了,
那墙边的哭声,变得庸常了。
你有鱼玄机,
我有麦当娜。
当那时的鱼,从已经干涸的硬泥跃出,
我知道这曾经让我们相濡以沫的一切,
都需要重建了。
不仅是这些东方的史诗:
像一把伞撑开了的《古文辞类纂》,
像一株剑麻般乱蓬蓬的《燕子笺》,
像拽着铁塔,走过的宽阔湖面
也不仅是那些我难以尽享的碎屑:
我侄子的顽症和

代代相传的色彩。

当你有"论辩、序跋、奏议、书说、赠序、诏令、

传状、碑志、杂说、箴铭、颂赞、辞赋、哀祭"这

   十三棵小马尾松,

我有湖边,推不倒的雷峰塔。

假如这一切可以区分:

从方苞浮云般的杂记到

他无可名状的文字狱,

从青翠的桑木,到桑木体内的绞刑架:

我可以择一而居吗?

从貌似看鹤,

到揣度它翅膀中深深的寒暑。

从午夜的街角,看着烤山芋的孤老太太,再也控不住地

喊了一声"娘",

到无人应答的

在烤山芋中升起,熟透了的七级浮屠。

我们一块儿护着的东西,在哪里?

站起来,把瓶子里的

蜂蜜都倒掉了,

把桌上成排的旧电线杆再数一遍,

把张春兰家小诊所

在昏暗的煤油灯下
偷偷卖光血浆的农民工再数一遍。
在草丛里自言自语。 默默地穿上旧盔甲

我确知世间伟大的僧侣,
像明月一样克服了对自身的厌倦。
他们登上了高高的山顶,
也依旧,讨论锅碗瓢盆的哲学。
当麻雀依次击穿——伴我度过每一日的
这一杯残茶。 几粒小药丸。 一枚结婚戒指。 一瓶
　　润滑剂。 几张塑料
制成的老家具。
这楼角的旧自行车。 老叫花子。 无言的阅报栏。
在更远处,这坍塌了一半的小祠堂。
已经垮掉了却依然金灿灿的油菜花。
——这些走在街上的人。 这些身份,
推销员,妓女,出租车司机,官员,剃头匠。
这些早上
刚换了新衬衫
下午必将被汽车撞死的人。
这些刚走出小巷口

就被一根扁担捅出了肠子的人。

这些爱读李商隐

也将和他一样死于肝硬化的人。

这些因活着而羞愧

不得不去找死的人:

他们看着一根绳子发呆,

日光和尘土绕着绳子如同

这根绳子发出强烈的光线。

当这根绳子——最终吐出了宝石,我看见

更多的人:在废加油站产下私生子的少女,

在班主任的柜子中产下私生子的少女,

在精神病院产下私生子的少女,

在湖边产下螃蟹的少女,

她们排着长队,解开扣子,看着麻雀飞来

一下子击穿她们。

哦被击穿的老瞎子哭了,

他看见已喝了一辈子的,洁白的牛奶。

——这一杯漫长的牛奶,

在我下午无聊的遥控器里。

如果我用一只麻雀真的贯穿了这一切,

是否可以确认这个世纪是我的,而不是你的?

当飞机的轰鸣传递过来,
这无人看清的国度——
我又凭什么留有这副剖开的腔肠?当侄子的
喋喋不休像
纷乱的桑木之荫覆及整个下午的桌面,
麻雀体内发生了什么? 仿佛从未有人知晓。
当壮年的姚鼐辞官南下,
小毛驴驮着他的"教化"
撒开了蹄子。
哦他的青砖灰瓦。 他的后鼻音。 他的印刷体。
程朱理学的小麻雀长鸣于每一户的屋檐之下,
来不及逃掉的
祖父们被击穿了,
学会了种地时根本用不上的"狮子吼"。
来不及梳妆的姑姑们
流着鼻血,坐在桑树下,
抱着滚烫的小板凳
学会了写名字,女工,刺绣,暗恋,玩魔术的
　　　白绫,修庙
她们也学会了,在夜间的棘丛中
让眼力胜过虫眼,

以辨认那些朝来夕去的小河水——
学会了如何欣赏一个时代的胡言乱语,
这也是我的景象掏空了他的景象。
当我的小瓶子里,
坚韧的冰柱融去,
拟为姚鼐的麻雀们喳喳地乱成了一团。
我知道世间那伟大的僧侣,
也正是今日,平面的僧侣。
那些,忽然一动的小石桥
也正是那从未动摇过一丝一毫的小石桥

我保持着对他早年的鄙夷,和晚年的敬意。
是什么人在"扮演"他的教化?
——连续多日,我不再说一句话了。
教化炼成的虚无是如此硬朗。
一屁股坐上去之后,
那小板凳依然滚烫。
山脚下,
孤老太太的宝塔和
稻茬丛中薄霜的反光。
哦无常的小河水,

挑动了色情的小河水，

当我在书房中以冷眼为你的远望做好了铺垫。

当我觉得"习惯"了，河水便涌来。

当我觉得"出世"了，桑树就更绿。

一种秩序？是啊，

一种秩序，

是否有一颗心，在承受这一切？

在浮世和它的回声中。 在受辱和它的影子上。 在
　　尺度和它的战争里

我们因丧失而变得富有起来，

正是那履历的小河边

少年因率先长出阴毛，宣告了一场胜利，

他拱起的喉结里，

涌动着我的遗嘱，

当他结结巴巴地，不能清楚地念出来

一只麻雀——猛地击穿了他，

他小学六年级的阴茎一阵抖动，

有谁愿意为这种不老练的快乐负起责任？

这就是我经常怀念的小河水：

一次地理性的悲剧。 当一九六七年秋。 我生于桐城的

某场细雨之中，

姚鼐为我的阅读移来了泰山
——那大片稻田的麻痹。 天井的冲淡。 油菜花的均衡
又岂是这一堆糟糕的修辞可以替代?
我知道我有一张令人发抖的桌子,
摆在我的
每一顿饭中,
摆在我日复一日的器官里,
用饥饿可以说服那些失去的风物回来?
我已经多天不说一句话了。 我所历经的雨水,
滴滴答答地稀释着,
小瓶子里的蜂蜜。
如果有新的灯盏覆盖了旧的灯盏,
如果欲望的小河水迎来了枯水期,
是否也有另一个尺度
降临到我的头上——
让水底的积薪,和墓碑上的姚鼐
对应起来。
让我单纯的声音和久久不能破除的音障对应起来。
在寂静的山脚下,
听任松鼠抱走它语言的偏殿。
整个下午,我不能原谅我的侄子,

对往事的忍耐像一笔不动产。
她向日葵一般的脸庞，
是早就获得了肯定的。
请让我，把我的所见与我的审判对应起来，
像一个人奇迹般的老有所依。
在众鸟高旋之下。 当小河水翻吐着清凛的泡沫
许多事物也慢慢地醒了过来，
从北斗星中掏出天理的尺度，
它蜷曲着身子像一只
不知死活的麻雀把我的脑壳击穿了，
桑树下。 我微苦的桌子铺向那四面八方

二〇〇八年三月

同类

早上起床,看见树梢上
某个东西正在远去。
朝它深深鞠了一躬——
不管它是什么,
我必须认之为同类。
我记得一些事,为一两件小事活着,
又时时避开它们,
这才有踝骨中的誓言,
满桌子,对抗的经卷。
树梢淡出淡入,
从未中断过对我们的记录。
他们说些什么,我却
全然不顾了——
昨夜湖边,众人哭喊着
　"周琪,周琪":
等着尸体从水底浮上来。
早上,湖水还在,

警察和隐士还在。
"周琪"是谁,是我的同类?
或许不是。 如果她不浮上来,
我仍将度过这一日。
树梢下不可更改的阴凉
正该如此地,不为人所觉

二〇〇八年八月

两次短跑

几年前,当我读到乔治·巴塔耶,
我随即坐立不安。
一下午我牢牢地抓着椅背。
"下肢的鱼腥味","对立":瞧瞧巴大爷爱用的这些词,
瞧瞧我这人间的多余之物。

脱胎换骨是不必了,
也不必玩新的色情。
这些年我被不相干的事物养活着。
——我的偶然加上她的偶然,
这相见叫人痛苦。

就像十五岁第一次读到李商隐。 在小喷水池边,
我全身的器官微微发烫。
有人在喊我。 我几乎答不出声来——
我一口气跑到那堵
不可解释的断墙下。

二〇〇八年四月

本体论

每一个早晨。 每一个黄昏。 镜子告诉我,
"这是你。 先生。 这张脸"——
与昨夜相比,
这张脸失而复得。
我知道世上的失而复得之物终将铸成玫瑰,
在自我的炉膛边等待再次熔去。

从这张脸上分开的
郊外小路像草下的巨蟒四散。
每一个夜晚。 我在这些荒僻小路上跑步,
一路上,街角,玫瑰,橱窗内的
狼藉杯盘,贫民窟,月亮,如此清晰。
它们为什么
能够如此清晰?
小路有时会爬到我的膝上来哭。
为了这清晰,
为了瞬间即至的路的尽头。

还有铁窗外,芭蕉的冲淡。
埋在芭蕉下的父亲,用我们烧掉的笔,
给我们写信。
与匍匐着的意识的巨蟒相比,
它们为什么
能够如此清晰?
假如本体论真能赋予我们以安慰,它将告诉我们:
现象其实一无所附而
诀别将源源不绝。

每一个早晨。 每一个黄昏。 像空了的枝头,
之于未来的果实。
像短促的自我之于
自我的再造。
"告诉我,先生"——
是什么,在那永恒又荒僻的小路上跑动?

二〇〇九年十一月

难咽的粽子

早餐是粽子。我吃着粽子的时候,
突然被一件古老的东西,
我称之为"千岁忧"的东西,
牢牢地抓住了。
我和儿子隔桌而坐,
一下子瓦解在不断涌入的晨雾里。

我告诉儿子,必须懂得在晨雾,
鸟鸣,
粽子,厨房,屋舍,道路,峡谷和
无人的小水电站里,
在熙熙攘攘的街头和
街角炸麻雀的油锅里,
在尺度,愿望,成败和反复到来的细雨里,
在闹钟的表面,
在结着黄澄澄芒果的林间,
在我们写秃掉的毛笔里,

处处深埋着这件东西。
像一口活着的气长叹至今。

这是白发盖顶的教义。
或许，心口相传将在我们这一代结束。
将不再有人，
借鸟鸣而看到叶子背面的
永恒沉没的另一个世界。
另一片永不可犯的黑色领域。
除了那些依然醒目的——
譬如，横亘在枝丫间的月亮，
即便在叛逆眼里，
在约翰·列侬和嬉皮士眼里，
也依然是一句古训。

让我们认识到，从厄运中领悟的与
在街头俯首可拾的，
依然是毫无二致。 如果我们那么多的安慰，
仅仅来自它已经被毁掉的、脆弱的外壳。

为什么仍须有另外的哲学，
另外的折磨？在这盘难以咽下的粽子和

它不可捉摸的味道之上——
在这个安静的早晨。 为什么?

二〇〇九年五月

良马

半夜起床,看见玻璃中我犹如
被剥光的良马。
在桌上,这一切——
筷子,劳作,病历,典籍,空白。
不忍卒读的,
康德和僧璨,
都像我徒具蓬勃之躯,
有偶尔到来的幻觉又任其消灭在过度使用中。
"……哦,你在讲什么呢?"她问。
几分钟前,还在
别的世界,
还有你,
被我赤裸的,慢慢挺起生殖器的样子吓着。
而此刻,空气中布满沉默的长跑者。

是树影在那边移动。
树影中离去的鸟儿,还记得脚底下微弱的弹性。

树叶轻轻一动，
让人想起，
担当——已是
多么久远的事情了。
现象的良马，
现象的鸟儿。
是这首诗对语言的浪费给足了我自知。
我无人
可以对话，也无身子可以出汗。
我趴在墙上，
像是用尽毕生力气才跑到了这一刻。

二〇〇九年五月

暴雨频来

暴雨无休止冲刷耳根。
所幸我们的舌头
是干燥的,
晚报上死者的名字是干燥的,
灯笼是干燥的。
宿命论者正跨过教室外边的长廊,
他坚信在某处,
有一顶旧皇冠,
始终为他空着,
而他绝不至再一次戴上它。

绝不至与偶尔搭车的酷吏为伴。
不与狱卒为伴,
不与僧人为伴。
有几年我宁可弃塔远游,
也不与深怀戒律者并行
于两场暴雨的间歇里。

我得感谢上苍,让我尽得寡言之欢。
我久久看着雨中的
教堂和精神病院,
看着台阶上,
两个戴眼镜的男子,
抬着一根巨大圆木在雨中飞奔。
鞭打来历不明的人,
是这场暴雨的责任。
当这眼球上,
一两片儿灰暗的云翳聚集,
我知道无论一场雨下得多大,
"丧失"——这根蜡烛,
会准时点亮在我们心底。

所幸它照出的脸,
是干燥的。
这张脸正摆脱此刻的假寐,
将邀你一起,
为晚报上唯恶的社会公器而哭。
将等着你,你们
抬着巨大圆木扑入我的书房

取了我向无所惧的灯笼远去

二〇〇九年五月

晚安,菊花

晚安,地底下仍醒着的人们。
当我看到电视上涌来
那么多祭祀的菊花,
我立刻切断了电源——
去年此日,八万多人一下子埋进我的体内。
如今我需要更多、更漫长的
一日三餐去消化你们。

我深知这些火车站,
铁塔,
小桥,
把妻子遗体绑在摩托车上的
丈夫们,
乱石中只逃出了一只手的
小学生们,
在湖心烧掉的白鹭,与这些白鹭构成奇特对应的
降落伞上的老兵们,

形状不一的公墓，
未完成的建筑们，
终将溶化在我每天的小米粥里。

我被迫在这小米粥中踱步，
看着窗外，
时刻都在抬高的湖面。
我说晚安，湖面。
另一个我在那边闪着臆想的白光，
从体制中夺回失神的脸。

我说晚安，
远未到时节的菊花。
像一根被切断电源的电线通向更隐秘的所在。
在那里，
我从未祈祷，也绝不相信超度，
只对采集在手的事物
说声谢谢——
我深知是我亲手埋掉的你们。
我深知随之而来的明日之稀。

二〇〇九年五月十二日，汶川地震一周年。

垂柳

在我的笔记里,垂柳垮下去:
它的矛盾仅供人观看。
每年春天,它迅速占据我的河滨,我的床榻,
吹过我——授语言的饥饿于无名。
夜间,总有人默默抱着它,
失去的古塔,
也被它找回。 尽管再无须我去记录。
就在几分钟前,在垂柳深处——
我断掉的手臂上又长出一条新的。
垂柳告诉我,
"你们所见的牢狱都不是真的。"
而权力的柳丝依依,仿佛已被耗尽。
更多的时候,
我们几个坐在树林中发牢骚,
抱怨单边主义像这垂柳吸干了
每一件为它所见的东西。
抱怨我们自己,嚼过的每一块干面包片。

我们说:"瞧,垂柳在这儿"——
但我们移不动它。是否证明它形同虚设?
我们已不是少女。
我们从来就不是少女。
我们深知在这世界的根部,
有我们永远爱不上的戒律。
如同垂柳作为一个喻体正日渐稀少。
吹过我——吹过我的床榻,
当它低下头,
异常辽阔的湖面朝脸上扑了上来——
我曾经屈从的一切,如今都已不见

二〇〇八年九月

不测

傍晚安谧如蛋黄立于蛋壳里。
破壳之钟,滑过不育的丝绸。
我盘膝坐在阳台上,
像日渐寡欢的蜘蛛。

隔壁的百货店。 售货员扛着断腿走出,
塑胶模特儿完成了白日的欢愉,此刻被肢解。
我也有一劫。 误读——分开了彼此,
副教授揪去我的脑垂体,隐身于小树林。

有人轻拍我的肩膀,
唤我进屋去。
大家坐在那里,举着筷子:
决裂的晚餐已经做成。

何处钟声能匹配我的,丝绸。
像此时,多需的手正搅动

多重的手。 火苗
从她的指甲上蹿起，闪烁着不测。

二〇〇八年九月二十九日

此时此地

锯木声妨碍了我。 柳树立于眼前,
我画不出。
柳树应该置于一个人虚无的怀抱里。
我不是那人,
我无法证明身在此时,
也无法离开自己的身体到达某处。
我们的笔下曾是满的,
如今被洗劫一空。
——等到除夕鞭炮响起,
我将从头到尾咽下这棵树,
向垂死的一年致敬。

此时,此地。 柳色是荒谬的,
却自有其根部。
我忍受那罕见的色彩与形状,
又从未满足于其中任何一件。

二〇〇九年一月二十五日,桐城。

卷三

口腔医院

——我们的语言？某种遗物。
在唾弃，和它日夜磨损着的笼子里。
　　　——陈先发，二〇〇八年四月

"那年。婚后"，我们无法投身其中的
一次远游——
在暴雨冲刷过的码头，
堆满了催人老去的易燃垃圾。
啊，暴雨。暴雨过去了，
昆虫忘忧，
小窗子跳出很远，
黄昏的蚌壳，旧钟表店，幼龙，尖蠖，和玩世不恭的
　　　海藻，
在我们脚踝上闪光。
凝固了的伐木工人，
他们的放肆暂时歇下，
我将为他们竖立打牌、抽烟、胡闹的雕像。

巨幅的海鲜广告牌下。问：
（当你一粒又一粒地嚼着阿司匹林
在"牙疼即真理"一类的谶语前。）
此刻，还应期待一些别的什么？
不远处，一只黄鹂和一只白雀在枝头交换身体。
是的。我闻到了，
看到了：就在那里。它们大张着嘴，
喳喳地——嗓子里烧焦的檀香木，
从尾巴上跳跃着的
几点光斑得到平衡。
而擦着鼻血的卖花小姑娘，由一个忽然变成了一群。
正好，我有闲心来描述她们的篮子，
瞧瞧这些吧：
叫人渐悟的小松枝，和
夹竹桃花的欲言又止。
戏剧性的野菊？
和百合的某种"遗址气息"。
有着恶名的银桂：
秘不可宣的小叶兰。
矢车菊的弹性，和五雷轰顶的
昙花：
虽然只有那么几秒——

我在办公室，也曾种过一盆，
我用复杂的光线帮它们生长。
而螺旋状片片叠起的紫罗兰，
总是相信色情能创造奇迹？
还有，"不需要定语"的鹤顶红，
侧着脸像在悔过的菖蒲与紫荆……
石斛，在这一带很少见，
为了保持形式感牺牲了香气。
有时我担心"说出"限制了这些名字。 是的，
这些刚摘来，很鲜嫩，
我尚欠她们一个成年，
当盛开只为了被拒绝。
我用这死了千百次的句式来描绘她们，
写下第一句了，就等着第二句来宽恕。
宽恕我吧，浓浓的
福尔马林气味——
当我的口腔里一个词在抵制另一个。
单义的葡萄藤，在覆盖多义的葡萄藤。
双重的傍晚在溶入单一的傍晚。
我知道这不过是现象的某种天性：
像八岁时，医生用塑料手电筒撬开我的嘴，
他说："别太固执，孩子。 也别

盯着我,

看着窗外翻空跟头的少女吧,看她的假动作,

再去想一些词!你就不疼了。"

他把五吨红马达塞进了我的口腔,

五吨,接着是六吨……

好吧,好吧。 我看少女,

她另一番滋味的跟头。

我想到两个词是:"茄子"和

"耶路撒冷",

当年老的摄影师喊着"茄子"——

一大排小学生咧着雪白的牙齿,

像衔着一枚枚失而复得的指环。

我知道世上的已知之物,像指环一样都能买到,

付一半零钱,请卖花姑娘擦干鼻血。 另一半塞进

  售票窗口

得到一座陌生的小镇:

在四川,一块灾后的群山里?

你捂着外省的脸。

泡沫一般的杂辞。

我整日的答非所问。

而所有的未知之物——请等一等,

如果天色晴朗,

我愿意用一座海岬来止住你的牙疼。
站在那儿俯瞰，
视线甚至好过在码头上：
檐角高高翘起的宫殿，在难以说出的云彩里。
是啊。 所有未知之物正如一个人在
精确计算着他的牙疼。
谁还有一副多余的身体？
哗变了各省只留下口腔，
弃掉了附属仅剩下牙疼。
在那里。 我们与模糊的世界
达成一体。
整整一个夏季，当我们在甲板上，
练习单腿站立和无腿站立，
海浪翻滚的裙裾，
红马达轰鸣的福尔马林，
闭着眼，闭着嘴，
当一些东西正从我们口腔中远去。 如同
"蓝鬣蜥绝种了。 而——那个词还在"
转身，而后失掉这一切。

窗玻璃上崩溃的光，贞节的光。
伴随着气象的多变，

在这个出汗的下午。
味觉在筷子上逃避着晚餐——正如奥登在
悼念叶芝时说道:
"水银柱跌入垂死一天的口腔。"
水银柱在哪儿?它纯白的语调中慢慢
站立起来的又是什么?
我们所讲的绝对,是否也像在雾气中
显出的这一株柳树在敲打
它的两岸。
哦无用的两岸引导我的幻觉。
这凭栏远去的异乡,
装满白石灰的铁驳船。 小镇。 方言。 人物。 在街上
跑来跑去的母鸡,
一样的绸缎庄,一样的蝴蝶铺,
一片盖着油毛毡的铁路局老宿舍,
一些冲动的片断和
一致的风习的浪费。
早上从瓶中离去,傍晚又回到瓶中的,
正是这些,
不是别的,
是无限艰难的"物本身"。
但我从未把买来的花儿,

插在这只瓶子里——
"那年。婚后",当我买来一只黄鹂和一只白雀
养在雨后小山坡上,
我还欠她们一个笼子。
是笼子与身体的配合,
在清谈与畅饮中分享了辩证法的余火。
就像这不言不语的小寺院,在晚风中得到了远钟的配合。
我给你摘下的野草莓,
得到了一根搓得滚烫的草绳的配合。
我们虚掷的身体,
得到了晚婚的配合。
在山坡上。你一点一点地舔着自己的肢体,
红马达轻轻穿过你的双耳,
开始是五吨,后来是六吨……
哦你的小乳房:
两座昏聩的小厨房,
有梨子一样的形状正值它煮沸之时。
听收音机播放南面的落花,
对于随牙疼一起到来的某次细雨,
我欠它一场回忆:
当四月的远游在十月结束,
漫长堤岸哗哗嘲笑着我们婚后的身体。

那些在语言背后,一直持弓静立的东西,
究竟是什么?
在码头上我有着不来不去的恍惚。
那么多
灌木丛中的小憩,和
长驱入耳的虫鸣。
如此清晰又被我的记录逼向了假设。
碗中的蟒蛇正引导着我餐后的幻觉。
哦,红筷子夹住的
蟒蛇和红马达轰鸣的旅途,
当你闷闷不乐举着伞,
在雨水中旋转的街角,
迎来了一个庸医的配合,
他说:"想想看吧。 这口腔并不是你的
是一只鸟的,
或者一个乏味的圣人。 这样想想,
你就不会疼了。"
"也可以想点别的。 街道很安静,
一只球被踢出京城"——
是啊我见过这样的景象:
一个乏味的圣人和一只鸟共同描述
他们面对的一颗雨滴,

他们使用了一个共同的词——不管
这个词是什么,
嵌在他们带血的牙龈上,
这个词得到了迷惘的配合。
像你离去后空椅子的移动。
——在枝头,两只空椅子在鸟的口腔里移动,
我的观看是为了它们的加速,
是的。 我不疼了,
我看见我坐在另一座
雾中的码头上。 另一场晚餐里,
另一个我可以叉开双腿,坐小树桩上
吹吹口哨,
为这二元论的蒙昧河岸干一杯。
呵莫名其妙的柳树,
莫名其妙的寓言。
对于奥登与叶芝可以互换的身体:我只欠喊它一声
"茄子"——像这些鸟的口腔,
只欠一些误入其中的虫子,
这个庸医只欠一个假动作,
我的观看只欠一个小姑娘的鼻血,
这张手术台只欠一场病因。

分辨的眼睛。 并非区别的眼睛。
这只眼睛看到
一只不祥的旧球被踢出京城——
在它的运动中,拥有身体。
不再需要新的容器了。
像一滴汗从我的耳根滑过,
在谵妄中拥有一个新的名字。
喊一声试试? 瞧瞧她在
哪里应答——
在河的对岸,
还是在一枚幽闭的钉子里面?
在骨灰盒中,
还是在三十年前某个忧心忡忡的早晨?
或者像婚前那样,迷信四边形的东西,
躲在柜子里写了一夜的短信,
用声音的油漆,
把自己刷一遍,
用胆汁把房子建成穹形,在小凳子上,
摆放了形形色色的盒子,
喊一声试试? 瞧瞧哪个盒子
会打开自己:
找到一个词,

顺从这个词,一切由它说了算。
让我们在廉价店铺里谈论它,
在死前攥着儿子的手留下它,
并最终藏在棺材里抚摸着它,
我们发誓忠于它:
一个词,
像码头上的青年军官发誓忠于
他白癜风的妻子,
我们愿意毁掉其他所有的词并
忠于那个盒子里的一切:
它的旧衣服。 那些不可捉摸的红色,
闭着眼。 闭着嘴——
听从这个词来瓦解窗外的荒野,
听从它将幼龙变成老龙。
听从这些和解:在线与线之间:
在心电图和它的隐喻之间,
在柳树和榆树之间,
在阿房宫与水立方之间……
随清风达成口腔中的史学,
像秦始皇完成对美色的勘误,
让这个词告诉你我们将抵达哪里。 当你寻欢的
脚步像鱼击的锡鼓,

在松针撞出微小的回声。
听从这个词,像一个老妇人在展览馆里,
拨着它一无所附的灰烬。
听从它在维斯康辛的白烟滚滚,当叶胡达·阿米亥
轻于纸张的诗句也
听从它在头顶的石榴中
传来爆裂的噼噼啪啪声。
听从其中的盐。 听从这座"霜刃未曾试"的课堂。
听从它的名下之虚,
当你连说一声谢谢都很难了。
这码头转动,
你坐在椅子上朝我眨着眼睛,
这是"忘我"和吞咽的眼睛,
当体内帘子的拂动,遮蔽了婚后的卧室,
小窗子在直觉中跳向柳树,
炊烟露出充满经验的弧形,
我告诉你这个词已经找到了。
当我喊到"柳树",
便有一株在某个角落醒过来——
像摆在膝上的《坛经》,
从某一页涌出了合唱。
当我喊到"蜘蛛",

灵魂的八面体就来了,
我拒绝了其中的七面。
像一幅画着墙的画挂在墙上,
里面的门仿佛从未有人开启。
当我喊到"花儿",
花园卡在了我的喉咙中,
这包含了椭圆,路线,和单音节的悲悯。
因为讲不清的原因我们在交换着身体。
我知道我要的不是这三个词,
是别的一些东西。
另一座码头上,植物性的悲欢。
在"那年。 婚后"——
当小瓶子只容得下两具啼笑交集的身体。
我们所追逐的词将回到那里。
我会放弃说出,口腔里堆积的
那些名字。 那些机体。 那些过时的谎言。
在全部的硬币涌出瓶口之前。
对一次苟同众议的婚姻,
我手中的鞭炮需要满街的鞭炮来否定。
我虚无的牙疼在
找回那个词像小姑娘
卖光了花儿后放下她的空篮子:

当一群又恢复为一个。
这是绝望的哲学,
也是清新的雨滴。
远游中我崩溃过一次,
也仅仅承认过这一次。
我知道我爱的并不是你——
我一个人在暴雨后的锯木场闲逛。 好吧,
我知道有"某个东西":
不管它在哪里,
我将一直环绕着它。 由它来宽恕遭遇它的人们。
在杜冷丁一样的口腔中。 在杜冷丁一样的夜空下

从未有过完整的柳树,
我曾经那么害怕它的完整。
如今我受够折磨,
再也不用怕它了。 连同一旁的田垄,
新长出的瓜果,
也已不足为惧。
从未有过红马达,
当语境的口腔医院在我的口腔中建成,
谁又能像这
餐桌上烤熟的蟒蛇

一样做到物我两忘?

从未有过故乡。

孔城：江淮丘陵的一个小镇。

四月的孩子在青石板上玩着亚麻色的

螃蟹、老龙和螺旋桨，

他们将一直

玩到秋天：我不在其中

这本身就是另一场拒绝。

但从未有过拒绝。 在它嘈杂的街道上，

我走过了，却没有力气再走一遍，

那些老竹竿搭起的狗肉排档上，

夜间赌酒，吸毒的少女

从不谈起自己的父母和姓名

只给我们摸一摸她刺了靛青虎头的腹部。

从未有过另一个人——

让我在公园长椅上醒来时会变成他。

当啤酒中捷足先登的岛屿，

混合着夜里越来越稀少的鸟鸣。

从未有过一堵墙，

脸上写着"深挖洞、广积粮"、"备战备荒"，

二胡从它的背后探来，

带给我一个声音，

一个满月的声音，
一个老女人在旧皮箱里整理儿子遗物，
小溪水顺着她的脚踝攀登的声音。
从未有过"下岗工人"。
当他们的八十年代全部用于在废墟中
寻找自己的女儿，
从未有过他们的煤油灯，
和一毛三分钱一斤的早稻米，
从未有过穷人的天堂，
也从未有过我的目的地。
当我对它的一无所求演变为
诙谐，并对这种诙谐有了不可抵御的憎恨。
从未有过一种语言练习，
可以完成那屈辱的现实。
从未有过挖苦。
从未有过鲁迅。
从未有一封信，它写道：
"我造出过一只笼子。 从那里飞出的
鸟儿永远多于飞进去的鸟儿，
从那里出生的女儿，
要多于背叛的女儿。
她们的口红。 她们绷得紧紧的牛仔裤。 她们的

消化器官

我不知道怎么办才好,
我总是在家里难以隐身——"
从未有过这个家。 也从未有过放置盒子的那些角落。
从未有过窗外葡萄和
它们体内歌唱轮回的乐队。
从未有过秦始皇,
当他在带箭的车辇上豪迈宣告了
万物的臣服,
宣告了锯齿状的墙垛和群岛的逶迤,
宣告了神秘的珠算。
从未有过更远的世界,当蓝眼球的盎格鲁—撒克逊人
他们对别人疆域的征伐,
必须由失败者记录下来。
从未有过镁光灯的频闪,
当你喊着"茄子",那些骨灰盒里的脸,
沉淀在硫黄冲洗的底片里。
从未有过浮云。
从未有过斜塔。
从未有过孔雀,为了开屏寻找那恒定的观众,
她必须依赖主题公园,
长出一年三换的丑脸。
从未有过一种远游,像

空气中的高头大马,
当她绕着树干大叫三声,
树下的僧侣走向了圆熟。
从未有过"田纳西州"和"陶渊明",
当他们结出的篱笆是瞬间的,山巅,
坛子里的,晚霞再不能安慰你。
从未有过一个词是我们这双手的
玩物,
也从不是我们这颗心的玩物——
从未有过"那年 婚后"像
我们并不信任的医生一样,
当他醇熟的手术在某个早晨消失,
当卖花姑娘的篮子是空的,
我们的口腔如何才能不辜负
那偶然闯入的天赋……
从未有过对立。
也从未有过和解。
从未有过一把必然的椅子在我死去后,
能如此长久地这么空着,
连此刻的喘息它也再记不起

二〇〇八年五月

绳子的两端

夏夜,
乐于睡在自家小庭院里。
死去的亲人化作微风,
摇着我的椅子。
松弛下来的绳索上,
吊着当天的脏衣服。
我睡着了,
又反复醒来,
像绳子的两端仍有呼吸。

我反对阐释两端。
也反对述说中间的部分。
一如身旁树丛,
我知道那里有一道长廊远未建成——
在它的尽头,
有红砖的如来。 钢筋搅拌水泥的上帝。 或者说
有卡夫卡在

他的地窖中，
博尔赫斯在曲折的图书馆里。 我看见
他们在恐惧中微笑。 他们在随时随地说错话。 他们
    在拒绝，
我不是他们，
我反对他们。
我唯有脏衣服孤单迷人。
我在人间鼾声大作，
过度的困惑已像月轮渐隐。
我的方法全是古老的方法。
我从梦中醒过来，
我从爬满墙头的
金银花模糊的语调中醒过来，
我从一件
脏衣服上醒过来，
我在醒着的时候再次醒过来。
但我，假托自己永远活在两端之间

二〇〇九年五月

膝盖

整个七月,我从闷热的河滩捡回遗骨。
满坡青冈木之上,
落日薄如冰轮。
群鸦叼来的雨水,
颗颗碎在我的头顶。
我散步,直至余光把我切割成
一座不可能的八面体

我用一大堆塑料管,把父亲的头固定在
一个能看到窗外的位置上。
整个七月,
他奄奄一息又像仍在生长。
铁窗之外。窸窸窣窣的树叶。
他知道是大片的再也无法预知的河滩,
洪水盖过了我的头顶。
我在洪水之下,
继续捡回遗骨。

渐渐地，我需要为轮回作出新的注解。
我告诉父亲，有些遗骨
是马的，它们翻山越岭又失掉这些。
有些是鹧鸪的，像鼻翼中夜色正浓。
有些是祖先的，在我的汗水中无端端发烫

七月。 沙子正无边无际凉下来。
而我深知传统不会袭击个人，
——当父亲已不足一个，
我再不能在他的病榻前把自己描述为异端。
他更微弱的训诫，
如此可怕又持久。
像沙下的遗骨来到新一轮阴翳中，那凉下来的
沙子中的沙子，塞满了我的膝盖

二〇〇九年七月三十一日

伐桦

砍掉第一根树枝。映在
临终前他突然瞪大的
眼球上。那些树枝,
那些树叶的万千图案。
我深知其未知。
因为我是一个丧父的人,
我的油灯因恪守誓言而长明。

连同稀粥中的鬼脸。
餐桌上,倒向一边的蜡烛,
老掉牙的收音机里,
依然塞着一块砖。
我是一个在
细节上丧父的人。
我深知在万物之中
什么是我,
我砍掉了第二根树枝和

树下的一个省

昨天在哪里？
我有些焦躁
我的死又在哪里？
为什么我
厌恶屋顶的避雷针
我厌恶斧头如同
深知唯有斧头可以清算
我在人世的愚行，一切
合乎诗意的愚行

二〇〇九年十月七日父亲去世两个月记

异响

我听到一个声音。在家乡结冰的桌面，
我曾经指它立誓的老榆树，
依旧挺立垄上，结着旁若无人的巨大黑瘤

在夏季它曾供出抽象的白花，
有人拿去献给企图媾合的女人，
有人用来祭奠亡者。
白花在不同的手上，
爆裂出不同的声音。
我的耳朵为了分辨异响冲至他们的腕底

现在是冬季。田野因充满思辩而白雾蒙蒙。
我跟他们再次相遇，
彼此都有谦逊的微笑，
但他们看出了我的身子
一捅即破：
多年前，我曾是个歇斯底里的孩子，

我的椅子总是离地半尺——

我知道对他们的描绘远未结束。
是的,我听到
一个声音。 我看到雾中朦胧的群像。
我知道彼此的审判
远未结束:
"瞧!它就在那里。"

二〇一〇年一月

硬壳

诗人们结伴在街头喝茶。
整整一日,
他们是
大汗淋漓的集体,
一言不发的集体,
他们是混凝土和木质的集体。
看窗外慢慢
驶过的卡车,
也如灰尘中藐视的轻睡。

而弄堂口,
孩子们踢球。
哦,
他们还没恋爱和乱伦,
也未懂得抵制和虚无。
孩子们,
你们愿意踢多久,就踢多久吧。

瞧你们有
多么出色多么冷漠的旁观者。

某日形同孩子,
肢体散了又聚。
对立无以言说。
晚风深可没膝。
只有两条腿摆动依然那么有力,
猜猜看,他们将把球踢往哪里?

二〇一〇年一月

睡经

每年春末我都有嗜睡症。
我与你们一起寻欢作乐,
与你们日光下共餐,
我的眼中
有你们一样的远景,
我的言语中有你们一样的
诡异的弹性,
但我是睡着的。
我像柳条垂下一般
睡在绷紧的湖岸——
我几乎忘了我曾是行刑者,
手中常有崭新的绞索,
如今我觉得是个罪人,
往往睡得又香又沉。

我在你们的逼迫下睡去。
在我之前的

那些嗜睡者：
庄子，叔本华，李贺，笛卡尔
他们的空白，
他们的怪癖，
从不妨碍我的再死与再睡。
是否有更多后来者在
一场接一场的酣睡中
恢复那曾有过的完整？
我睡在山脚下一间带窗的小阁楼里。
我推开漂浮的桌椅和
扑面而来的四壁，
翻个身睡去。
我的耳朵蛰伏墙中，
随滚烫的呓语流出。
我睡着了。
请你们不要再推开窗户连声说不

二〇一〇年五月

老藤颂

候车室外。老藤垂下白花像

未剪的长发,

正好覆盖了

轮椅上的老妇人,

覆盖她瘪下去的嘴巴,

奶子,

眼眶,

她干净、老练的绣花鞋,

和这场无人打扰的假寐。

而我正沦为除我之外,所有人的牺牲品。

玻璃那一侧,

旅行者拖着笨重的行李行走,

有人焦躁地在看钟表,

我想,他们绝不会认为玻璃这一侧奇异的安宁,

这一侧我肢解语言的某种动力,

我对看上去毫不相干的两个词,

（譬如雪花和扇子）
　　　之间神秘关系不断追索的癖好，
来源于他们，
来源于我与他们之间的隔离。
他们把这老妇人像一张轮椅
那样
制造出来，
他们把她虚构出来，
在这里。 弥漫着纯白的安宁。

在所有白花中她是
局部的白花耀眼。
一如当年我
在徐渭画下的老藤上
为两颗硕大的葡萄取名为"善有善报"和
"恶有恶报"时，觉得
一切终是那么分明，
该干的事都干掉了，
而这些该死的语言经验一无所用。
她罕见的苍白，她罕见的安宁，
像几缕微风
吹拂着

葡萄中"含糖的神性"。
如果此刻她醒来,我会告诉她,
我来源于你,
我来源于你们。

二〇一〇年六月

箜篌颂

在旋转的光束上，在他们的舞步里，
从我脑中一闪而去的是些什么？

是我们久居的语言的宫殿？还是
别的什么，我记得一些断断续续的句子。

我记得旧时的箜篌。 年轻时，
也曾以邀舞之名获得一两次仓促的性爱。

而我至今不会跳舞，不会唱歌，
我知道她们多么需要这样的瞬间。

她们的美貌需要恒定的读者，她们的舞步
需要与之契合的缄默——

而此刻。 除了记忆，
除了勃拉姆斯像扎入眼球的粗大砂粒。

还有一些别的什么？
不，不。什么都没有了。

在这个唱和听已经割裂的时代，
只有听，还依然需要一颗仁心。

我多么喜欢这听的缄默，
香樟树下，我远古的舌头只用来告别。

二〇一〇年七月

稀粥颂

多年来我每日一顿稀粥。 在它的清淡与
嶙峋之间，在若有若无的餐中低语之间

我埋头坐在桌边。 听雨点击打玻璃和桉叶
这只是一个习惯。 是的，一个漫无目的习惯

小时候在稀粥中我们滚铁环
看飞转的陀螺发呆，躲避旷野的闷雷

我们冒雨在荒冈筑起
父亲的坟头，我们继承他的习惯又

重回这餐桌边。 像溪水提在桶中
已无当年之怒——有时，我们为这种清淡而发抖

这里面再无秘诀可言了？我听到雨点
击打桉叶之前，一些东西正起身离去

它映着我碗中的宽袍大袖，和
渐已灰白的双鬓。 我的脸。 我们的脸

在裂帛般晚霞下弥漫的
偏街和小巷。 我坐在这里。 这清淡远在拒绝之先

二〇一〇年七月

活埋颂

早晨写一封信
我写道,我们应当对绝望
表达深深的谢意——
譬如雨中骑自行车的女中学生
应当对她们寂静的肢体
青笋般的胸部
表达深深谢意

作为旁观者,我们能看到些什么?
又譬如观鱼
觉醒来自被雨点打翻的荷叶
游来游去的小鱼儿
转眼就不见了
我们应当对看不见的东西表达谢意。
这么多年,唯有
这鱼儿知道
唯有这荷叶知道

我一直怀着被活埋的渴望

在不安的自行车渐从耳畔消失之际
在我们不断出出入入却
　　从未真正占据过的世界的两端

二〇一〇年八月

秋鹨颂

暮色——在街角修鞋的老头那里
旧鞋在他手中，正化作燃烧的向日葵

谁认得这变化中良知的张惶？在暮光遮蔽之下
街巷正步入一个旁观者的口袋——

他站立很久了。 偶尔抬一抬头
听着从树冠深处传来三两声鸟鸣

在工具箱的倾覆中找到我们
溃烂的膝盖。 这漫长而乌有的行走

——谁？谁还记得？
他忽然想起一种鸟的名字：秋鹨

谁见过它真正的面目
谁见过能装下它的任何一种容器

像那些炙热的旧作
一片接一片在晚风中卷曲的房顶

唯这三两声如此清越。 在那不存在的
走廊里。 在观看秋日焚烧的密集人群之上

二〇一〇年八月

卷柏颂

当一群古柏蜷曲,摹写我们的终老
懂得它的人驻扎在它昨天的垂直里,呼吸仍急促

短裙黑履的蝴蝶在叶上打盹
仿佛我们曾年轻的歌喉正由云入泥

仅仅一小会儿。 在这阴翳旁结中我们站立
在这清流灌耳中我们站立——

而一边的寺顶倒映在我们脚底水洼里。
我们蹚过它:这永难填平的匮乏本身

仅仅占据它一小会儿。 从它的蜷曲中擦干
我们嘈杂生活里不可思议的泪水

没人知道真正的不幸来自哪里。 仍恍在昨日
当我们指着不远处说:瞧!

那在坝上一字排开,油锅鼎腾的小吃摊多美妙
嘴里塞着橙子,两脚泥巴的孩子们,多么美妙

二〇〇九年九月

滑轮颂

我有个从未谋面的姑姑
不到八岁就死掉了

她毕生站在别人的门槛外唱歌,乞讨
这毕生不足八岁,是啊,她那么小

那么爱笑
她毕生没穿过一双鞋子

我见过那个时代的遗照:钢青色远空下,货架空空如也
人们在地下嘴叼着手电筒,挖掘出狱的通道

而她在地面上
那么小,又那么爱笑

死的时候吃饱了松树下潮湿的黏土
一双小手捂着脸

我也有双深藏多年的手
我也有一副长眠的喉咙

在那个时代从未完工的通道里
在低低的、金刚怒目的门槛上

在我体内她能否从这人世的松树下
再次找到她自己？哦。 她那么小

我想送她一双新鞋子。 送她一副咯咯
笑着从我中秋的胸膛蛮横穿过的滑轮

二〇一〇年九月

披头颂

积满鸽粪的钟楼,每天坍掉一次。 从窗帘后
我看着,投射在它表面的巨大的光与影

我一动不动。 看着穿羽绒服的青年在那里
完成不贞的约会,打着喷嚏走出来

他们蹲在街头打牌。 暴躁的烟头和
门缝的灯光肢解着夜色——这么多年

他们总是披着乱发。 一头
不可言说的长发

他们东张西望,仿佛永远在等着
一个缺席者

从厚厚的窗帘背后,我看见我被汹涌的车流
堵在了路的一侧,而仅在一墙之隔

是深夜的无人的公园
多么寂静，凉亭从布满枯荷的池塘冲出来

那凉亭将在灯笼中射虎：一种从公园移到了
室内的古老的游戏——

我看见我蹚过了车流，向他们伸出手去。
从钟楼夸张的胯部穿过的墙的两侧

拂动的窗帘把我送回他们中间。 在二十年前？
当一头长发从我剥漆的脸上绕过

在温暖的玻璃中我看见我
踟蹰在他们当中。 向他们问好。 刹那间变成一群

二〇一〇年十一月

垮掉颂

为了记录我们的垮掉
地面上新竹,年年破土而出

为了把我们唤醒
小鱼儿不停从河中跃起

为了让我们获得安宁
广场上懵懂鸽群变成了灰色

为了把我层层剥开
我的父亲死去了

在那些彩绘的梦中,他对着我干燥的耳朵
低语:不在乎再死一次

而我依然这么厌倦啊厌倦
甚至对厌倦本身着迷

我依然这么抽象
我依然这么复杂

一场接一场细雨就这么被浪费掉了
许多种生活不复存在

为了让我懂得,在今晚,在郊外
这么多深深的、别离的小径铺向四面八方

二〇一〇年十二月

写碑之心

宽恕何为?
——特拉克尔(Georg Trakl,一八八七—一九一四)

一

星期日。 我们到针灸医院探视瘫痪在
轮椅上的父亲——
他高烧一个多月了,
但拒绝服药,
他说压在舌根下的白色药丸
像果壳里的虫子咕咕叫着……
单个的果壳,
集体的虫子,不分昼夜的叫声乱成一团。
四月。
他躲在盥洗间吐着血和
黑色的无名果壳的碎片。
当虫子们,把细喙伸进可以透视一两处云朵的

水洼中,
发出模糊又焦虑的字符,
在家乡,
那遥远的假想的平面。
是的,我们都听到了。 儿女们站成一排
而谵语仍在持续:
他把窗外成天落下鸟粪的香樟树叫作
"札子"[一],
把矮板凳叫作"囝"[二],
把护士们叫作"保皇派"。
把身披黑袍在床头做临终告慰的
布道士叫作"不堪",
把血浆叫作"骨灰",
把氧气罐叫作"巴萨"[三]。
这场滚烫的命名运动,
让整座医学院目瞪口呆。
他把朝他扑过来的四壁叫作"扁火球"。
——"是啊,爸爸

[一] 安徽中部地区农民对掀干草的铁叉的习称。
[二] 音 piān。此处仅作象声词。
[三] 音 bā sa。此处仅作象声词。

四壁太旧了。"
如果我乐于
吞下这只扁火球,
我舍身学习你的新语言,
你是否愿意喝掉这碗粥?
五月。
病房走廊挤满棕色的宿命论者。
我教他玩单纯的游戏度日。
在木制的小棋盘上,
他抓起大把彩色小石子,
一会儿摆成宫殿的形状,一会儿摆成
假山的形状。
他独居在宫殿里,
让我把《残简》翻译成他的语言,
一遍又一遍念给他听。
我把"孔城[一]"译成"嘭嘭",
把"生活"译成了"活埋",

[一] 安徽桐城的南部古镇,作者家乡。其历史可追溯到先秦时期。春秋中期,为楚属附庸桐国的军事要塞。三国时,吴将吕蒙在此屯兵筑城,历隋至唐渐成水镇雏形,北宋时为江北名镇。明清乃至民国处鼎盛时期。

他骑在墙头,

像已经笑了千百年那样,懵懂地笑着。

六月。

傍晚,

我把他扛在肩膀上,

到每一条街道暴走。

在看不尽的蓊郁的行道树下。

来历不明的

霾状混沌盖着我们。

我听见

无人光顾的杂货店里抽屉的低泣,

有时,

他会冷不丁地嚎叫一声。

而街头依然走着那么多彩色的人,

那么多没有七窍的人,

那么多

想以百变求得永生的人。

霓虹和雨点令我目盲。

二

死去的孩子化蟾蜍,

剥了蟾皮做成灯笼,
回到他善忘的父母手中。
老街九甲[一]的王裁缝,每个季节晾晒
一面坡的蟾皮。
从此,
他的庭园寸草不生。
楝树哗哗地发出鬼魂般的笑声。
河中泡沫也
在睡眠中攀上他的栏杆,他的颧骨。
——每年春夏之交,
我看见泡沫里翻卷的肉体和它
牢不可破的多重性:
在绕过废桥墩又
掉头北去的孔城河上,
它吐出的泡沫一直上溯到
我目不能及的庐江县[二]才会破裂。
在那里,
汀上霜白,
蝙蝠如灰,

[一] 孔城老街商铺基本以甲为单位。

[二] 安徽中部县名,与孔城接壤。

大片丘陵被冥思的河水剖开。

坝上高耸的白骨,淤泥下吐青烟的嘴唇,

搭着满载干草的卡车驶往外省。

每日夕光,

涂抹在

不断长出大堤的婴儿脑袋和

菜地里烂掉的拖拉机和粪桶之上。

是谁在这长眠中不经意醒来?

听见旧闹钟滴答,

檐下貔貅低低吼着,

丧家犬拖着肮脏的肠子奔走于滩涂。 而

到了十一月末,

枯水之季的黄昏。

乌鸦衔来的鹅卵石垒积在干燥沙滩上,

一会儿摆成宫殿的形状,一会儿摆成

假山的形状。

我总是说,这里

和那里,

并没有什么不同,

我所受的地理与轮回的双重教育也从未中断。

是谁在长眠中拥有两张脸:在被磨破的"人脸之下

是上帝的脸[一]"——

他在七月,
默默数着死在本土的独裁者,
数着父亲额头上无故长明的沙砾,
他沿四壁而睡,
凝视床头砥砺的孤灯,
想着原野上花开花落,谷物饱满,小庙建成
无一不有赖于诸神之助。
而自方苞[二]到刘开[三]。 自骑驴到坐轮椅,
自针灸医院到
家乡河畔,也从无一桩新的事物生成。
心与道合,不过是泡沫一场。
从无对立而我们迷恋对立。
从无泡沫而我们坚信
在它穹形结构的反面——

　　[一] 美国垮掉派诗人格雷戈里·柯索(Gregory Corso,一九三〇 — 二〇〇一)诗句。

　　[二] 方苞(一六六八 — 一七四九),清代散文家,为作者家乡前贤。著有《望溪先生文集》。

　　[三] 刘开(一七八四 — 一八二四),清代散文家,为作者家乡前贤。著有《刘孟涂诗文集》、《广列女传》、《论语补注》等。其故居与作者旧居仅隔五十米河面相望。

有数不清的倒置的苦楝树林,花楸树林。 有
另一些人,
另一些环形的
寂静的脸,
另一架楼梯通往沙砾下几可乱真的天堂。
另一座王屋寺[一]
像锈一样嵌在
被三二声鸟鸣救活的遗址里——
多少年我们凝望。 我们描绘。 我们捕获。
我们离经叛道却从未得到任何补偿。
我们像先知一般深深爱着泡沫。
直至二〇〇九年八月七日[二],
我们才突然明了,
这种爱原只为唯一的伙伴而生。
像废桥墩之于轻松绕过了它的河水,
我们才能如此安心地将他置于
那杳无一物的泡沫的深处。

[一] 毁于清末的桐城古寺名。

[二] 作者父亲忌日。

三

并非只有特定时刻，比如今天
在车流与
低压云层即将交汇的雨夜，
我才像幽灵一样从
众多形象，众多声音围拢中穿插而过。
是恍惚的花坛把这些
杜撰的声音劈开——
当我从小酒馆踉跄而出之时，
乞丐说："给我一枚硬币吧
给我它的两面。"
修自行车的老头说："我的轮子，我的法度。"
寻人启事说：
"失踪，炼成了这张脸。"
警察说："狱中即日常。"
演员说："日常即反讽。"
玻璃说："他给了我影像，我给了他反光
那悄悄穿过我的
依旧保持着人形。"
香樟树说：

"只为那曾经的语调。"

轮椅说:"衰老的脊柱,它的中心

转眼成空……"

小书店里,

米沃什在硬邦邦的封面说:"年近九十

有迟至的醇熟。"

你年仅七十,如何训练出这份不可少的醇熟?

在这些街角。 在这些橱窗,

在你曾匿身又反复对话的事物中间,

你将用什么样的语言,什么样的方式,

再次称呼它们?

九月。

草木再盛。

你已经缺席的这个世界依然如此完美。

而你已无形无体,

寂寞地混同于鸟兽之名。

在新的群体中,你是一个,

还是一群?

你的踪迹像薄雾从受惊的镜框中撤去,

还是像蜘蛛那样顽固地以

不可信的线条来重新阐述一切?

轮回,

哪里有什么神秘可言？
我知道明晰的形象应尽展其未知。像
你弄脏的一件白衬衣，
依然搭在椅背上，
在隐喻之外仍散发出不息的体温。
我如此容易地与它融为一体。仿佛
你用过的每一种形象——
那个在
一九四七年，把绝密档案藏在桶底，假装在田间
捡狗屎的俊俏少年。
那个做过剃头匠，杂货店主、推销员的"愣头青"。
那个总在深夜穿过扇形街道，
把儿子倒提着回家，
让他第一次因目睹星群倒立而立誓写诗的
中年暴君。
那个总喜欢敲开冰层
下河捕鲤鱼的人。
那个因质疑"学大寨"被捆在老柳树上，
等着别人抽耳光、吐唾沫的生产队长。
那个永远跪在
煤渣上的
集资建庙的黯淡的"老糊涂虫"——

倘在这些形象中

仍然有你,

在形象的总和中,仍然有你,

仍有你的苦水,

有你早已预知的末日,

你的恐怖。你的毫无意义的抗拒……

四

又一年三月。

春暖我周身受损的器官。

在高高堤坝上,

在我曾亲手毁掉的某种安宁之上,

那短短的几分钟,

当我们四目相对,

当我清洗着你银白的阴毛,紧缩的阴囊,

你的身体因远遁而变轻。

你紧攥着我双手说:

"我要走了。"

"我会到哪里去。"

一年多浊水般的呓语,

在临终一刻突然变得如此

清朗又疏离。

我看见无数双手从空中伸过来，

搅着这一刻的安宁，

我知道有别的灵魂附体了，

在替代你说话，

而我也必须有另外的嗓子，置换这长子身份

大声宣告你的离去——

那一夜，

手持桃枝绕着棺木奔跑的人，

都看见我长出了两张脸，

"在一张磨破了的脸之下

还有一副

谁也没见过的脸。"

乡亲们排队而来，

每人从你紧闭的嘴中取走一枚硬币。

月亮们排队而来，

映照此处的别离。 也映照他乡的合欢之夜。

乞丐，警察，演员，寻人启事，轮椅，香樟，米沃什排队而来，

为了蓝天下那虚幻的共存。

生存纪律排队而来，

为了你已有的单一，和永不再有的涣散。

儿女们排队而来,

请你向大家发放绝句般均等的沉默吧。

还有更多哭泣与辨认,

都在这不为人知中。

我久久凝视爆竹中变红的棺木。

你至死不肯原谅许多人,

正如他们不曾

宽宥你,

宽宥你的坏习惯。

再过十年,我会不会继承你

酗酒的恶习?

而这些恶习和你留在

镇郊的三分薄地,

会不会送来一把大火解放我?

会不会赋予我最终的安宁?不再像案上"棒喝"

获得的仅是一怔,

不再像觉悟的羊头刺破纸面,

又迅速被歧义的泡沫抹平。

会不会永存此刻,

当伏虎般的宁静统治大地——

皓月当窗如

一具永恒的遗体击打着我的脸,

它投注于草木的清辉，
照着我常自原路返回的散步。
多少冥想，
都不曾救我于黑池坝[一]严厉的拘役之中。
或许我终将明了，
宽恕即是它者的监狱，而
救赎不过是对自我的反讽。
我向你问好。
向你体内深深的戒律问好。
在这迷宫般的交叉小径上。而轮回，
哪里有什么神秘可言？
仿似它喜极的清凉可以假托。
让我像你曾罹患的毒瘤一样绑在
这具幻视中来而复去的肢体之上，
像废桥墩一样绑在孔城河无边的泡沫之上

二〇一〇年三月

[一] 黑池，古称鼍潭，乃深水塘，或曰水潭。位于合肥蜀山区境内，作者现居其岸。

与顾宇、罗亮在菲比酒吧夜撰

摇滚乐中夹杂江南的丝竹。 上帝不偏不倚,
他掷骰子。
而彩色的平民赌博,
吧台小姐说：塑料筹码可抵万金。

强悍舞步中自有过时的建筑。
当鼓点停止,
飞出去的四肢又回到身体上。
顾宇双腿修长,
令罗亮不悦。
啊,怎么办？
大家一起来尝"闲暇"这块压抑的菠萝吧。
啤酒中拼起来的,
正是应我邀约而来的几张老脸。
吵什么呀,
谁没有过雪白的童年,
谁不曾芒鞋踏破？

整个晚上我穿过恍惚的灯光搜寻你们。
你好吗,小巷的总统先生,
你好吗,破袄中的刘皇叔。

幸亏遗忘不曾挪动过。 幸亏我
记得那里并在其中度过平凡又享乐的四十年。

二〇一〇年十二月

杏花公园[一]散步夜遇凌少石[二]

小路尽头立着老亭子。
在林木葳郁的深处,见栏杆剥漆,
你推着病母的轮椅缓缓而出,
亭子边,小贩子埋头在卖烤羊肉串。

让我们猜猜这炉火后藏着什么。
瘫痪老母亲更容易听见羊的
唿哨声,
而这两个中年男人:一个老练的育种专家,
一个诗人,
并不指望羊烤熟了就能迎来某种
节制的觉醒——
他反复问我:
你写下那么多诗句有什么用?

[一] 安徽省合肥市的一座公园。
[二] 作者旧友。

"古典"在哪里?"现代性"又在哪里?
我只听见撕成碎片的羊在炭火上击掌大笑。

好吧。 让我们猜猜这大笑中她是谁。
在断桥上跟老友告别,
我伸手到湖那边造出了新亭子。
每次散步后,都要坐上几分钟。
这个早已谢顶的人,
二十多年前?
是啊,乡村初中的同学,
曾与我相约在文字狱中共度余生。

二〇一一年二月

游九华山至牯牛降[一]一线

油菜花为何如此让人目眩？
按说，
在一个已经丧父的诗人笔下，
它应该是小片的，
分裂的，
甚至小到一个农妇有点脏的衣襟上。
从那里，
从临近积水而断头的田埂，
从她哺育的曲线上，吹过一阵接一阵令人崩溃的花粉。

乡亲说，除了出狱者，
祖辈们就埋在这地里。
名字只有一个，
生活仅存一种：

[一] 牯牛降位于安徽省祁门县和石台县交界处，为自然遗产保护区。

稀粥对稀粥的延续。
而尸骨上的油菜花为何如此让我们目眩?
细雨中,
喧闹的旅游者鱼贯而入。
远处有黑色的载重货车驶过。
我呆立三小时,只为了看
一个偏执的僧侣在树下刺血写经。

为了种种假托,我们沉疴在身。
此刻这假托仅限于
被春雨偶尔击落又
能被我们的语言所描述的花瓣——
哪怕只是一小瓣,它为何如此让人目眩?
而自九华山到牯牛降,
这假托只有一种:
在它玄学的油菜花下没埋过
一个出狱的人。
没埋过一个以出狱为荣耀的人。
甚至没埋过
一个对着铁窗外的白色浮云想象过监狱的人。

二〇一一年四月

两种谬误

停电了。 我在黑暗中摸索晚餐剩下的
半个橘子。
我需要她的酸味,
唤醒埋在体内的另一口深井。
这笨拙的情形,类似
我曾亲手绘制的一幅画:
一个盲人在草丛扑蝶。

盲人们坚信蝴蝶的存在,
而诗人宁可相信它是虚无的。
我无法在这样的分歧中
完成一幅画,
停电正如上帝的天赋已从我的身上撤走。
枯干的橘子,
在不知名的某处,正裂成两半。

在黑暗的房间我们继续相爱,喘息,老去。

另一个我们在草丛扑蝶。
盲人一会儿抓到
枯叶，
一会儿抓到姑娘涣散的裙子。
这并非蝶舞翩翩的问题，
而是酸味尽失的答案。
难道这也是全部的答案么？
假设我们真的占有一口深井像
一幅画的谬误，
在那里高高挂着。
我知道在此刻，即便电灯亮起，房间美如白昼，
那失踪的半个橘子也永不再回来。

二〇一一年六月

拉芳舍[一]

鹅卵石在傍晚的雨点中滚动。
多疑的天气,让狗眼发红,
它把鼻子抵上来,
近乎哀求地看着嵌在玻璃中的我们。

狗会担心我们在玻璃中溶化掉?
我们慢慢搅动勺子,向水中注入一种名叫
"伴侣"的白色粉末,
以减轻杯子的苦味。
桌子上摆着幻觉的假花——
狗走进来,
一会儿嗅嗅这儿,一会儿嗅嗅那儿。
诗人在电话另一头低低吼着。
另一诗人躺在云端的机舱,跟医生热烈讨论着
她的银质牙箍。

[一] 咖啡馆名,位于安徽合肥市芜湖路东段。

我们的孤立让彼此吃惊。 惯于插科打诨或
神经质的大笑,
只为了证明
我们片刻未曾离开过这个世界。
我们从死过的地方又站了起来。

这如同狗从一根绳子上
加入我们的生活。 又被绳子固定在
一个假想敌的角色中。
遛狗的老头扭头呵斥了几声。
几排高大的冷杉静静地环绕着我们。
不用怀疑,我们哪儿也去不了,
我们什么也做不成。
绳子终会烂在我们手中,而冷杉
将从淤泥中走出来,
替代我们坐在那里,成为面目全非的另一代人

二〇一一年六月